Tucholsky Wagner Zola Scott Sydow Fonatne Freud Schlegel
Turgenev Wallace
Twain Walther von der Vogelweide Fouqué Friedrich II. von Preußen
Weber Freiligrath Frey
Fechner Fichte Weiße Rose von Fallersleben Kant Ernst Richthofen Frommel
Hölderlin
Engels Fielding Eichendorff Tacitus Dumas
Fehrs Faber Flaubert
Eliasberg Ebner Eschenbach
Maximilian I. von Habsburg Fock Zweig
Feuerbach Eliot
Ewald Vergil
Goethe London
Elisabeth von Österreich
Mendelssohn Balzac Shakespeare Dostojewski Ganghofer
Lichtenberg Rathenau
Trackl Stevenson Doyle Gjellerup
Tolstoi Hambruch
Mommsen Lenz Droste-Hülshoff
Thoma Hanrieder
von Arnim
Dach Verne Hägele Hauff Humboldt
Reuter
Karrillon Rousseau Hagen Hauptmann
Garschin Gautier
Defoe Baudelaire
Damaschke Hebbel
Descartes
Hegel Kussmaul Herder
Wolfram von Eschenbach Schopenhauer
Dickens
Darwin Rilke George
Bronner Melville Grimm Jerome
Bebel
Campe Horváth Aristoteles Proust
Barlach Voltaire Federer
Bismarck Vigny Herodot
Gengenbach Heine
Storm Casanova Tersteegen Grillparzer Georgy
Lessing Gilm
Chamberlain Langbein Gryphius
Brentano
Lafontaine
Claudius Schiller
Strachwitz Kralik Iffland Sokrates
Schilling
Katharina II. von Rußland Bellamy
Gerstäcker Raabe Gibbon Tschechow
Löns Hesse Hoffmann Gogol Wilde Vulpius
Gleim
Luther Heym Hofmannsthal Morgenstern
Klee Hölty Goedicke
Roth Heyse Klopstock Kleist
Luxemburg Puschkin Homer Mörike
La Roche Horaz Musil
Machiavelli
Kierkegaard Kraft Kraus
Navarra Aurel Musset
Lamprecht Kind Moltke
Nestroy Marie de France Kirchhoff Hugo
Laotse Ipsen Liebknecht
Nietzsche Nansen
Marx Ringelnatz
Lassalle Gorki Klett
von Ossietzky Leibniz
May
vom Stein Lawrence Irving
Petalozzi
Platon Knigge
Pückler Michelangelo Kafka
Sachs Poe Kock
Liebermann
Korolenko
de Sade Praetorius Mistral Zetkin

Der Verlag tredition aus Hamburg veröffentlicht in der Reihe **TREDITION CLASSICS** Werke aus mehr als zwei Jahrtausenden. Diese waren zu einem Großteil vergriffen oder nur noch antiquarisch erhältlich.

Symbolfigur für **TREDITION CLASSICS** ist Johannes Gutenberg (1400 — 1468), der Erfinder des Buchdrucks mit Metalllettern und der Druckerpresse.

Mit der Buchreihe **TREDITION CLASSICS** verfolgt tredition das Ziel, tausende Klassiker der Weltliteratur verschiedener Sprachen wieder als gedruckte Bücher aufzulegen – und das weltweit!

Die Buchreihe dient zur Bewahrung der Literatur und Förderung der Kultur. Sie trägt so dazu bei, dass viele tausend Werke nicht in Vergessenheit geraten.

Hans Joggeli der Erbvetter

Jeremias Gotthelf

Impressum

Autor: Jeremias Gotthelf
Umschlagkonzept: toepferschumann, Berlin

Verlag: tredition GmbH, Hamburg
ISBN: 978-3-8424-0519-6
Printed in Germany

Ziel der TREDITION CLASSICS ist es, tausende deutsch- und fremdsprachige Klassiker wieder in Buchform verfügbar zu machen. Die Werke wurden eingescannt und digitalisiert. Dadurch können etwaige Fehler nicht komplett ausgeschlossen werden. Unsere Kooperationspartner und wir von tredition versuchen, die Werke bestmöglich zu bearbeiten. Sollten Sie trotzdem einen Fehler finden, bitten wir diesen zu entschuldigen. Die Rechtschreibung der Originalausgabe wurde unverändert übernommen. Daher können sich hinsichtlich der Schreibweise Widersprüche zu der heutigen Rechtschreibung ergeben.

Text der Originalausgabe

Jeremias Gotthelf

Hans Joggeli der Erbvetter

Erzählung (1848)

Ein lieblicher Frühlingsabend dämmerte über die Erde herein. Fröhlich eilten die Arbeiter von den Äckern heim, einem nahrhaften Abendbrote zu; rasch liefen Kinder mit Milchtöpfen den bekannten Ställen zu, gleich von der Kuh weg gute Milch zu fassen und eine sorgliche Hausfrau vor der Versuchung zu bewahren, zu erproben, wie Wasser in der Milch sich mache. Mit königlicher Stimme rief der Hahn seine Weiber ins Nachtquartier, und ängstlich trippelte seine Lieblingssultanin herbei, damit ihr ja der Sitz an ihres Herrn Seite nicht fehle. Einem Bache entlang kam ein alt, klein Männchen, auf dem Kopfe eine weiße, baumwollene Kappe, ein sogenannt Wasserschäufelchen auf der Achsel, kurze Hosen ohne Schnallen an den Beinen, von Hablein Rock und Hosen. Derselbe schritt gemächlich einem großen Hause zu, an welchem ein Schild baumelte. Auf dem Schilde waren die Reste eines Bären sichtbar. Dort stellte er sein Schäufelchen hinter die Haustür, öffnete eine andere schwarz angelaufene Tür, trat mit dem Wunsche »Guten Abend miteinander!« in eine große Stube und setzte sich stillschweigend in die Ecke neben den Ofen.

In der Stube war die Dämmerung bereits ziemlich dick, das Gespräch sehr laut, doch bemerkte die Wirtin den neuen Gast alsbald und schenkte ihm besondere Aufmerksamkeit. »Ei guten Abend, guten Abend, Vetter Hans Joggi, Ihr seid ein seltener Gast bei uns, womit kann ich aufwarten?« rief die Wirtin, auf ihn zutrippelnd, wischte die Hand an der Schürze ab und reichte sie ihm. »Guten Abend, Anne Bäbi!« sagte der Alte, »bringe mir einen Schoppen, aber Guten und Ungemischten; den Mischmasch mag ich nicht mehr vertragen; und wenn es gemischt sein muß, so mache ich es lieber selbst.«

»Ei bewahre, Vetter, welch bös Zutrauen habt Ihr zu uns! Meint Ihr, wir hätten solchen Wein im Keller, und, wenn wir ihn auch hätten, denn man wird gar oft angeführt von dem Zeug, den Weinhändlern, wir würden Euch von solcher Sorte aufstellen?« »Nein, nein, Base, nicht expreß, aber du weißt, man versieht sich so leicht, besonders eine Wirtin am Abend, ist am unrechten Faß, man weiß nicht, wie«, entgegnete das Männchen.

»Ihr seid immer der gleiche«, antwortete die Wirtin einlenkend. »Schon oft habe ich es gesagt, es gebe keinen wie Vetter Hans Joggi im Nidleboden, der könne immer spaßen und vexieren; es kämen ihm Sachen in den Sinn, an die sonst kein Mensch dächte. Doch damit ihr wegen dem Versehen nicht im Kummer seiet, will ich expreß ein Licht anzünden.«

Lauter war unterdessen das Gespräch geworden, nach Abgang der Wirtin wandte der Alte demselben seine Aufmerksamkeit zu und begriff alsbald, worum es sich handle.

Ein junger Stadtmetzger stritt mit mehreren Bauern. Der Metzger hatte ein gut Stück Stadtstolz im Leibe und einen noch größern Schluck Wein; er war in dem Zustande, welchen die Bauern am geeignetsten fanden, um ein eigentümlich Spiel mit ihm zu treiben, welches sie in angestammter Kaltblütigkeit gar trefflich verstehen. Dieses Spiel besteht darin, jemand, den man sich auserwählt, durch Reden, Rühmen oder Tadeln oder beides zusammen in Hitze zu bringen und entweder zum Wetten oder zum Schimpfen und Schelten zu verleiten; in beiden Fällen kömmt er in eine stattliche Weinzeche, er weiß nicht, wie. Der Metzger war in das Gehäge des Bramarbasierens mit seinem Reichtume getrieben worden. Einer der Bauern hatte geäußert, er hätte wohl auch fettes Vieh, verkaufe es aber keinem Stadtmetzger; diese hätten Geld, aber nur, um die Herren zu spielen, und nicht, die Bauern zu bezahlen. Sehe man sie auf dem Lande, so glaube man, es seien alles Engländer, gehe man aber in die Stadt dem Gelde nach, so finde man sie so arm wie Kirchenmäuse. Der Metzger ließ sich andrehen, schimpfte über die Bauern, die bei all ihrem Hochmut oft nicht sechs Kreuzer zu Hause hätten, um Salz zu kaufen, daher kein fettes Vieh mehr zu finden sei, und wenn einmal einer drei Batzen zahlen solle, so müsse er im ganzen Dorfe vergeblich herumlaufen.

So spann sich der Handel an, stieg zu immer größerer Hitze, bis sich endlich der Metzger vermaß, er trüge mehr Geld bei sich als sie alle zusammen, ja mehr, als sie alle zusammen zu Hause hätten, die Sparbüchsen der Weiber und Kinder eingerechnet. Er werde meinen, sie hätten es mit solchen Sparbüchsen wie die Herren. Diese hätten es nämlich damit wie die Weiber mit den Hühnernestern, welche sie immer über den andern Tag leerten. Zornig bot der Metzger eine Wette von zwei Maß Wein an, er trüge mehr Geld bei sich, als sie in einer Stunde zusammenbringen könnten. Kaltblütig spotteten sie ihn aus, ob er denn meine, wegen zwei Maß lohne es sich ihnen der Mühe, mit der Hand in die Tasche zu fahren, geschweige gar nach Hause zu laufen, das wäre anfällig eben gut für Kirchenmäuse. Der Metzger sah begreiflich dieses für einen versteckten Rückzug an, fuhr um so hitziger hintendrein, steigerte seine Wette bis zu sechs Maß hinauf vom Allerbesten. Ja, sagte einer, es wäre doch eine Schande für sie, wenn sie alle zusammen so gegen ein Metzgerlein stünden; verspiele er auch, so würde er doch sich rühmen, wie viele Bauern hätten zusammenstellen müssen, um ihn aufzuwiegen. Er hülfe wetten, jenes alte Männchen hinter dem Ofen hätte mehr Geld in der Tasche als der Metzger. Das sei ihnen recht, riefen die anderen Bauern. Der Metzger, welcher dieses für eine neue rückgängige Bewegung ansah, war in hohem Grade erbost, redete von Hudel- und Fötzelbauern, von denen er sich nicht zum besten wolle halten lassen; was er mit dem alten Lump da solle? Nur nicht so aufbegehren solle er, kriegte er zur Antwort. Ihnen sei es Ernst, er aber scheine es nicht einmal mit einem alten Lump aufnehmen zu dürfen. Das wolle er ihnen zeigen, brüllte der Metzger, warf sechs Gulden auf den Tisch, soviel sollten sie, wenn sie es hätten nämlich, hervormachen. Bei der Wirtin wollten sie das Geld niederlegen; wer gewinne, dem gebe sie seine Einlage wieder, die Einlage der Verlierenden werde in Wein verwandelt. Zögernd, einredend, es werde wohl früh genug sein, zum Gelde zu greifen, wenn die Wette entschieden sei, für sechs Gulden seien sie doch wohl noch lange gut genug, legten sie endlich die sechs Gulden unter Drohen und Fluchen des Metzgers, der zum Stock griff und dem Hund pfiff, zusammen. Die Wirtin sollte es zuhanden nehmen, sagte aber, sie wollte lieber überhaupt nichts mit der Sache zu tun haben, und erst, als der Metzger gebrüllt hatte: »Willst oder willst nicht!« strich sie das Geld zusammen und sagte: »Enfin, wenn Ihrs haben wollt!« Jetzt strahlte der Metzger im Siegerglanz, trat an des Alten Tisch und rief: »Seh jetzt, du altes Kudermännchen, lies deine Kreuzer zusammen und zeige, wieviel du hast!«

Der Alte hatte zum ganzen Handel kein Wort gesagt, nun aber angeredet, meinte er: ihn hätte niemand gefragt, ob er wolle oder nicht, und zwingen könnte ihn eigentlich niemand, sein Beutelchen hervorzunehmen. Indessen lenkte er, da der Metzger zum Stock griff und dem Hunde pfiff, ein, es sei ihm am Ende recht, wenn er mittrinken könne, müsse er doch nicht mitzahlen; doch der Metzger müsse zuerst zeigen, wieviel er habe. Dieser zögerte nicht, schnallte den Gurt ab, schüttete die Taler heraus, daß sie in der ganzen Stube herumfuhren; es fand sich, daß hundertfünfzig Gulden sein Vorrat betrug. »Nun, du alter Stöffeler, zeige, was du hast!« sagte der Metzger und stellte sich triumphierend vor denselben hin; hinter dem Metzger stellten die Bauern sich auf, zogen an ihren Pfeifchen und machten einen Rauch, daß sie selbst fast erstickten. Der Alte griff in die Busentasche der Weste, zog eine kleine zusammengedrehte Schweinsblase hervor, wickelte sie auf und sagte, während der Metzger lachte und siegestrunkene Bemerkungen machte über das kleine Beutelchen: es wäre ihm lieber gewesen, man hätte ihn in Ruhe gelassen. Indessen wenn man es gehabt haben wolle, so habe man es, aber wer verliere, solle es ihm nicht nachtragen, und allweg werde es dem Metzger nichts schaden, wenn er wüßte, daß auch noch außerhalb der Stadt Leute seien. Während er dieses sagte, ließ er den Inhalt der Blase über die Hand laufen, und er funkelte schön. Es waren lauter Louisdors, doppelte und einfache, wenigstens sechzig an der Zahl. Es war eine Zeit im Kanton Bern, wo der Bauer, wenn er den Pflug ins Feld führte oder mit der Schaufel in die Wiesen ging der Wässerung nach, in einer Rinderblase wenigstens seine hundert Taler bei sich trug; wo man, der Überlieferung zufolge, auf großen Höfen bei Erbteilungen das vorgefundene bare Geld nicht teilte, sondern mit dem Kornmaß es den verschiedenen Erben zumaß. Der erzählte Vorfall geschah nicht zu jener Zeit, aber Hans Joggi gehörte noch der alten Zeit an und war bekannt deshalb. Der Metzger jedoch in jugendlich städtischem Übermute, der ungeheuer beschränkt ist und alle Tage, aller Bildung zum Hohn und Spott, beschränkter wird, hatte von solchem Besitztum keine Ahnung, obgleich er oft genug aufs Land kam. Aber er hatte eben leider nicht

Augen für alles, sondern nur für die Häuser, wo man guten Wein fand oder willige Mädchen. Der Metzger wurde nun mörderlich zornig, denn die Augen gingen ihm auf, er sah ins angelegte Spiel. Er fing an, sich grimmig aufzublasen, mit Schelmen und Spitzbuben um sich zu werfen, und wer weiß, wie tief in den Schlamm er noch geraten wäre, wenn der Alte ihm nicht vernünftig zugesprochen, Wirt und Wirtin nicht rechts und links an seiner Seite gestanden wären, zwei zahmen Elefanten gleich, zwischen welche man einen wilden eingefangenen knebelt und bindet. Er ließ sich besänftigen, trank einige Gläser des Wettweines mit, allein es brannte ein solch Raketenfeuer verblümten und unverblümten Witzes auf ihn ein, welches er nicht erwidern konnte, daß er es nicht aushielt; teils stob er, teils stolperte er von dannen.

Die Bauern lachten zusammen über den glücklich vollführten Streich und ließen den gewonnenen Wein sich wohlschmecken. Hans Joggeli, von den Bauern Kirchmeier tituliert, mußte mithalten und seinen Schoppen stehenlassen, den die Wirtin zurücknahm und für das nächste Mal aufzuheben versprach. Als der Kirchmeier die gewohnte Anzahl von Gläsern getrunken hatte, welche er selten und höchstens um eins überstieg, brach er allen Nötigens ungeachtet auf. Er war gewohnt wie selten jemand, in allem, Zeit, Speise und Trank, ein bestimmtes Maß zu halten. Dabei sei er wohl, und etwas zu tun, was ihm nicht wohlmache, wäre ja dumm, sagte der Alte nach seiner alten, daher auch bewährten Weisheit.

Als Hans Joggeli sein Schäufelchen hinter der Haustüre hervorgenommen hatte und von der ihm leuchtenden Wirtin Abschied nehmen wollte, reichte dieselbe ihm ein klein Säcklein. »Vettermann«, sprach sie, »hier hätte ich ein paar Dreizinke (die Wirtin war nämlich in der Bereitung dieses Backwerkes berühmt), wenn Ihr sie etwas schätzet. Sie sind mürbe, und wer mit dem Beißen nicht mehr recht fortkömmt, hat sie zu einem Glase guten Weines lieber als Brot. Wenn Brot noch so weiß ist, so ist es doch immer härter.« »Ei danke schönstens, Base!« sagte der Alte, »daran hätte ich nicht gedacht. Was sollen sie kosten?« »Was denkt Ihr, Vetter!« sagte die Wirtin. »Wenn ich was dafür wollte, ich hätte sie nicht anbieten dürfen. Es ist ein klein Zeichen, um den guten Willen zu zeigen, und wie man es meint.« »Das, Base, weiß man ja, wie du es meinst; Kosten zu haben deretwegen, wäre nicht nötig. Aber wenn du bald kommen willst, daß ich es wieder gutmachen kann, so will ich es mit großem, mächtigem Danke annehmen. Gute Nacht gebe dir Gott, Anne Bäbi!« »Was ich noch sagen will, Vetter Kirchmeier: Dem Hauptmanne zu Waschliwyl, der noch so von weitem in der Verwandtschaft ist, aber gar weit, es mag sich eigentlich niemand besinnen, wie weit, dem trauet doch recht nicht! Er macht den Herrn, ist aber ein Lumpenhund. Es weiß kein Mensch, wie geldnötig er ist; sieht er von weitem einen Kreuzer, so schießt er danach wie ein hungriger Hund nach einem Stücke Fleisch.«

»Was du mir nicht sagst, Base!« entgegnete Hans Joggeli. »Erst in voriger Woche war er bei mir, konnte nicht genug rühmen, wie er und seine Familie im Glanze sei: Ratsherr zu werden, fehle ihm nicht und wahrscheinlich auch seinem Bruder nicht, sie hätten aber dafür getan und dem Fuchse gerichtet. Es seie ihnen eigentlich nicht wegen ihnen, sondern wegen der Familie, in der noch kein Ratsherr gewesen sei, geschweige zwei. Das sei allweg eine Ehre, daneben sei die Familie sehr groß, und vielleicht könne man dann desto besser einander helfen. Da dachte ich bei mir selbst, wenn es so sei, so sei es doch zuerst an mir, etwas nachzuhelfen, ein Ratsherr ist immer Ratsherr und eine Ehre für eine Familie, wenn er schon daneben ein Lumpenhund ist.«

»O nein, Vetter Kirchmeier, o nein, das tut doch recht nicht, dem helfet nicht, ein jeder Kreuzer, den Ihr ihm anhängen würdet, wäre eine Sünde. Daneben möchte ich Euch nicht befehlen, begreiflich natürlich, aber ein Lumpenhund ist ein Lumpenhund, mache man ihn zum Ratsherrn oder nicht, und je weiter so einer kommt, desto mehr Schande macht er der Familie, und je mehr Geld er hat, desto wüster tut er. Daneben könnt Ihr immer machen, Vetter, was Euch gut dünket, begreiflich natürlich. Aber, was mir in Sinn kömmt, im Küchenschranke habe ich noch von einer Pastete, einer bsonderbar guten, die Gerichtsmänner konnten gestern die Beine nicht unter dem Tische stillehalten, während sie davon aßen. Sie ist besonders mürbe, Teig und Fleisch, beides vergeht einem auf der Zunge, die will ich Euch holen.« »Sei nur ruhig, Base!« antwortete der Alte, »du hast dich schon viel zuviel verköstigt wegen mir.« Aber ehe er ausgeredet, hatte die Wirtin das Säcklein erhascht und kam alsbald mit dem eingepackten Pastetenreste wieder, hing es ihm an die Hand und sagte: »Keinem Menschen rede ich sonst zum Bösen, und in

Eure Sache möchte ich mich nicht mischen, bewahre! Aber im Grabe noch würde ich mich umkehren, wenn ich dort vernehmen sollte, der Hauptmann von Waschliwyl mache mit Vetter Hans Joggelis schönem Geld jetzt erst recht den Lumpenhund und sei Ratsherr obendrein. Ich glaube, verzeih mir Gott meine Sünde, ich käme wieder und drehte ihm den Hals um in einer schönen Nacht.« »Selb wird wohl nicht nötig sein, Base«, sagte Vetter Hans Joggeli, »und wegen dem zu Waschliwyl habe nicht Kummer! Daneben kann man nichts sagen; was einer wird, was einer kriegt, das steht in Gottes Hand, daran kann der Mensch nichts machen. Aber jetzt, Base, muß ich fort, sie werden zu Hause nicht wissen, wo ich bleibe. Vergelts Gott, Base, was du an mir tust, ich glaube nicht, daß ein Mensch in der Welt so an mich denkt wie du. Aber hörst, komm bald und ziehe es ein! Gute Nacht!« »Vetter Hans Joggeli, kommt glücklich heim und bald wieder zu uns! Nehmt Euch in acht, dort steht ein Wagen halb im Weg! Es ist doch so finster, soll der Knecht Euch begleiten?« So sprach die Wirtin, mit hochgehaltenem Lichte dem Vetter nachtrappend, bis derselbe nicht mehr zu sehen und zu hören war.

Zurückkehrend brummte sie vor sich hin: »Das ist mir ein wunderlicher Heiliger, mit dem weiß man nie, wie man daran ist. Ein zäh Ketzers Mannli, der schlägt noch mit unsern Beinen Nüsse von den Bäumen. Aber geizige Leute – und ein wüsterer Kümmelspalter als der läuft nicht auf dem Erdboden herum – haben es alle so, sie können nicht sterben. Drei Tage nach dem jüngsten wird man sie noch totschlagen müssen. Man ist doch eigentlich nur ein Narr, daß man dem so viel anhängt. Wie hat er gesagt? Was einer wird, was einer kriegt, das steht in Gottes Hand. Der alte Schelm! Zuletzt hat man Speckseiten nach einer Wurst geworfen oder kriegt gar nichts als eine lange Nase! Das wäre der Teufel! Wohl, da würde mein Mann mir den Marsch machen!«

Unterdessen war der Alte bedächtig seines Weges gegangen, sorgfältig die Mitte der Straße haltend, zu seinem Säcklein Sorge tragend, damit das so gerühmte mürbe Backwerk nicht Schaden nehme. Trotz seiner Vorsicht stieß er sich und stolperte. Als er untersuchte, was ihn fast zu Falle gebracht, fand er einige hingeworfene Zaunstecken. Er brummte über die mutwillige Jugend, welche so die Arbeit der Alten zerstöre, steckte dieselben unter den Arm und trug sie heim, weil er, wie er sagte, es für nützlicher hielt, wenn er daheim damit einen Kaffee machen ließe, als wenn wilde Buben sie fänden und mit denselben sich die Köpfe zerschlugen.

Schwer bepackt also mit Pasteten und Stecken, wandte er sich einem großen Hause zu, welches etwas seitwärts vom Wege in einem prächtigen Baumgarten stand. Es war des Alten selbsteigenes Haus; denn der Vetter Hans Joggeli und Kirchmeier seines Titels war der reiche Bauer im Nidleboden, ein alter Knabe, welcher größern Hof hatte und mehr Liebhaber als manches schöne Mädchen ohne Hof und ohne Geld. In seinem Testamente obenan zu stehen, hätten so viele von ganzem Herzen sich selbst gegönnt. Es lohnte sich aber auch der Mühe, zu erben, denn das Erbe bestand nicht bloß in einigem zerbrochenen Geschirre, etlichen alten Strümpfen und mehreren alten Schuhen ohne Sohlen oder sonstigem Gerümpel, sondern aus einem der schönsten Höfe, nicht umsonst der Nidleboden genannt, und aus Kapitalien, deren Betrag niemand kannte, welcher aber sehr hoch sich belaufen mußte; denn wenn irgendwo ein Hausvater starb, dessen Nachlaß gerichtlich untersucht wurde, so fand es sich zumeist, daß er dem Kirchmeier im Nidleboden schuldig war. Ob der Kirchmeier bereits ein Testament gemacht habe oder nicht, darüber wurde viel disputiert, aber nie sicher ausgemacht; diese Ungewißheit eben unterhielt die Hoffnung der Liebhaber und mehrte den Eifer in ihren Bewerbungen. Zudem hatte er weder Brüder noch Schwestern, keine ganz nahen Verwandten. Daher die Konkurrenz um so freier, die Verwandtschaft aber um so größer. Vettern und Basen hatte er unzählige, wie Sand am Meer. Es war sich aber nicht zu verwundern, denn wenn auch nicht ganz bis zu Adam hinauf, so doch bis zu Noah wußte man ihm die Verwandtschaft herzuleiten, daß er oft ganz darüber erstaunen mußte. Der Nidleboden gewann daher fast das Ansehen eines berühmten Wallfahrtsortes, wohin es Hunderte zieht, bei einem Wundertäter ihr Heil zu suchen. Vetter Hans Joggeli war der wunderliche Heilige, um dessen Gunst man buhlte und nie umsonst, denn hoffnungslos entließ er nimmer eine Kreatur. Aber was dann so ein Wallfahrer, der sich erhört glaubte und freudigst heimzog, für saure Augen machte und häßliche Gesichter schnitt, wenn ihm, Wegziehenden, Dahinziehende begegneten, welche ihn um die gewonnene Gunst und Gnade bringen konnten möglicherweise! Zwischen Gottes Gunst und Gnade und eines Menschen Gunst und Gnade ist nämlich ein gar mächtiger Unterschied. Unendlich ist die Gnade Gottes und groß genug für alle, endlich und gar klein eines Menschen Gunst, und gar wenige vermögen daran sich zu ersättigen. Vetter Kirchmeier ließ kaltblütig das Ding sich gefallen, gab kein böses Wort von sich, nahm, was man ihm brachte, tat daneben, was ihm wohlgefiel.

Mit vielem Behagen legte der Alte, welcher, beiläufig gesagt, aus seinen Waldungen jährlich für einige hundert Gulden Holz verkaufte, in der Küche seine erbeuteten Stecken ab und sagte: »Sieh, Mareili, was ich dir gekramet habe, mit denen ist morgen gut Kaffee kochen.« Wenn es Kram hätte sein müssen, so wäre ihm gar manche Sache anständiger gewesen als solche unflätige Knebel, antwortete die angesprochene Person, ein großes, stattliches Mädchen mit breitem Gesicht, unangenehmem Ausdruck, aber schön farbicht und sonst überall schön nach selbsteigenem Urteile.

Um diese Staatsperson herum schoß eine andere Maid, die war nicht viel kleiner, aber um die Hälfte dünner, spärlich angetan, während die andere es staatsmäßig war, hatte ein viel weniger gefärbtes Gesicht, keinen Schild, breit wie eine Kuchenschüssel, Amors Pfeile herausfordernd, sondern bloß ein lebendiges, freundliches, zu welchem man alsbald das Zutrauen hatte, es könne mit andern fühlen und für andere denken - so eine schoß um die andere herum, nahm dem Alten seine Beute ab und legte sie, wo man am folgenden Morgen zuerst nach Feuerung griff.

Entlastet wandte sich der Alte der Stube zu, setzte sich hinter den Tisch und packte sein Säcklein aus. Ihm nach brauste Mareili, in der einen Hand die Kaffeekanne, in der andern den Milchhafen, herrschte über die Achsel: »Bäbi , bring die Röste!« Als Mareili sah, daß der Vetter für sich was anders gekramet als hölzerne Knebel, zog es ein noch schieferes Gesicht, meinte: »Oder soll ich es draußen lassen? Der Vetter hat mürbern Kram für sich, als er mir gebracht, solcher könnte mich auch gelüsten.« »Nimm, wenn du willst!« antwortete der Kirchmeier ruhig, »sie sind von der Base beim ›Bären‹; wie die macht sie keine und meint es so gut mit einem, nimm doch, nimm!« »Wer wollte von dieser was mögen, kein rechter Mensch sieht die ja mehr an, das ist die falscheste Frau, welche auf zwei Beinen läuft! Aber wenn es nur geschmeichelt ist, so ists vielen recht!« schnauzte Mareili und schoß zur Tür hinaus.

Der alte Kirchmeier blinzte dem davonfahrenden Mädchen nach, ließ die Dreizinke und den Kaffee sich wohlschmecken, frug Bäbeli, welches Mareili nachwollte, allerlei über den Verlauf des Nachmittags. Plötzlich fuhr Mareili wieder herein und Bäbeli an: ob es denn nichts mehr zu tun wüßte als dazustehen und Maulaffen feilzuhalten, und wenn er nicht mehr möge, so wolle es die Kanne und den Topf hinaustragen, um endlich fertig zu werden mit Abwaschen, das Feuer brenne bereits lange genug unnötigerweise, und Zeit wäre es auch, daß man an die Ruhe könnte. Am Ende sei man kein Hund, ein Mensch aber müsse geschlafen haben. »Nimm!« sagte der Alte, »ich kann es machen. Und wegen dem Schlafen, denke ich, könntest du es ebenfalls machen, wenn du nämlich die Zeit, welche du dazu hast, auch zum Schlafen brauchst.«

Pung, fuhr die Tür zu, daß die Fenster klirrten und bellend der Hund unter dem Ofen hervorfuhr. »Es ist wieder bös Wetter«, sagte der Alte gelassen und ergeben vor sich hin. »Der Liebeshandel mit dem Halunk verdreht dem Mädchen den Kopf; es ist Zeit, daß man dem Ding ein Ende macht, ehe es ein Unglück gibt.«

Dieser Halunk war nämlich ebenfalls ein Vetter, welchen der Alte lange im Hause gehabt, ja eigentlich erzogen hatte und am Ende genötigt war, ihn fortzujagen. Derselbe hatte sich in den Glauben verlaufen, er sei des Vetters unwiderruflicher Erbe, war stolz, ungehorsam, verschwenderisch geworden, trieb den dummen Übermut, der fast unerklärlich ist, wenn man nicht an die Verstockung denkt, an die Ohren, welche nicht hören, die Augen, welche nicht sehen, so weit, daß er die Ermahnungen des Alten nicht bloß in den Wind schlug, sondern ihnen förmlich Trotz bot. Wenn es aber nicht anders zu machen war, so wußte der Kirchmeier sich ernstlich und gründlich zu helfen; so hatte er den Jungen aus dem Hause gejagt, aber aus dem Kopfe konnte er ihm den Traum, Nidlebodenbauer zu werden, nicht jagen. Durch Mareili, ebenfalls eine ins Haus passierte Base, welche Erbin zu werden hoffte, meinte er, seinen Traum in Erfüllung zu bringen. Er unterhielt mit Mareili einen Liebeshandel, welcher dem Alten äußerst zuwider war. Aber Mareili hatte ebenfalls keine Ohren für das Alten Warnungen, es stand auf der Kulturstufe, wo man durch Vorgänge sich nicht warnen läßt, sondern sich berufen glaubt, sich selbständig in der Welt seine Geschichte zu machen, nach ganz neuen Grundsätzen und Regeln. Die guten Kinder begreifen nicht, daß es wohl alle Jahre neue Kinder gibt, die Welt aber die alte bleibt, daß die Kinder nagelneue Träume kriegen, die alte Welt dagegen im alten Trappe und Gange bleibt.

Nicht lange nach jenem Abend, an welchem Vetter Hans Joggeli in stillem Selbstgespräch uns seinen Entschluß verkündet hatte, sah man eine lange Frau auf das Haus zukommen. Sie hatte eine spitze Nase im Gesicht, ein Säcklein in der Hand. Noch war sie lange nicht beim Hause, als Mareili rasch ihr entgegenfuhr und sich bei ihr stellte und so lange bei ihr stand, daß man fast hätte glauben sollen, unser Herrgott hätte ein neu Wunder verrichtet und die beiden Weiber zu zwei Türlistöcken werden lassen. Süßes hatten sie nicht zu verhandeln, wie man von weitem merken konnte, denn sie machten Gesichter, als ob sie angestellt wären, um Pfefferkörner zu kauen. Endlich wurden beide wieder flott und bewegten sich langsam dem Hause zu. Mareili verwarf schrecklich die Hände, die

Nase der Frau aber schien um ein sehr Bedenkliches länger und spitzer geworden zu sein.

Vetter Hans Joggeli wartete den Besuch gelassen in der Stube ab. »Gott grüße Euch, Vetter Kirchmeier!« sagte die eintretende Frau und reichte ihm die Hand. »Immer wohlauf, ganz jung noch«, fuhr sie fort, »das freut mich.« »Ja, ja, Gott Lob und Dank, wohlauf bin ich, und wenn es unseres Herrgotts Wille ist, so habe ich noch ein Weilchen zu leben und kann Gottes Güte genießen. Meine Großmutter wurde siebenundneunzig Jahre alt, und ich habe manchmal gehört, man schlage den Großeltern nach.« »He ja, ja«, sagte die Frau, »ein schönes Alter, ich möchte es Euch gönnen. Mir wäre es nur zu lang, kriegte Langeweile. Euer Großvater, wenn mir recht ist, der starb sehr jung.« »Ja«, sagte der Kirchmeier, »er fiel von einem Kirschbaume, aber die Leute, welche ihn gekannt, haben immer gesagt, wenn das nicht gewesen wäre, so hätte er hundertjährig werden können.«

Da machte die Base wieder ein Pfefferangesicht, sagte jedoch so freundlich als möglich: sie hätte gedacht, sie müsse doch mal sehen, was der Vetter mache, es stürben so viele Leute ungesinnet, man vergrabe fast alle Tage zwei bis drei Personen, daß es einem angst werde um seine Bekannten, besonders wenn sie so alt seien. Auch müsse sie einmal fragen, wie sich Mareili stelle, und ob es ihm noch immer anständig sei? »Danke, Base, meinetwegen brauchst du nicht Kummer zu haben, ich bin wohl, und Mareili geht es auch nicht bös, es dünkt mich, es werde alle Tage munterer und hübscher.«

Ein schlecht Aussehen habe es nicht, sagte die Mutter, doch werde das kaum vom Guthaben kommen, aber es sei von Art so, daß alle Speisen noch einmal so wohl anschlügen bei ihm als bei andern, während die Arbeit ihm nichts schade. »Das wird sein«, sagte der Vetter, hieß Mareili Wein bringen und zu essen, was es Gutes habe. Unterdessen packte die Base eine Züpfe aus und legte sie auf den Tisch; es war aber eine kleine, magere, so ein Ding, welches was vorstellen sollte, und zu dessen Herstellung das Kleinste einen gereut. Sie habe dem Vetter, sagte die Base, ein Zeichen ihrer Gutmeinenheit bringen wollen, so was recht Mürbes, welches so alten Leuten sonst am anständigsten sei. Jetzt müsse sie sich schämen, aber der Schelm, der Bäcker, sei schuld. Sie habe ihm zwei Mäß Korn gegeben, zwei Pfund Butter und zwei Dutzend Eier, und jetzt mache er ihr so ein klein, erbärmlich Ding, welches ein Huhn im Schnabel forttrüge. Der Vetter müsse den guten Willen für die Tat nehmen. Das wäre gar nicht nötig gewesen, sagte der Alte, er hätte ja längst Ursache, zu wissen, wie gut sie es meine. Und man solle ihn nur nicht verderben und ihm zu viel Gutes bringen. Da sei auch die Wirtin beim Bären zu Zinggiwyl, die meine auch, wenn sie was Gutes backe, so müsse er davon haben. Selb sei doch nicht nötig, am Ende könnte er noch essen, was die andern, der Magen sei gut, und das sei die Hauptsache. Auch mit dem Beißen gehe es nicht so bös, es sei mancher Junge, welchem mehr Zähne fehlten als ihm, sie solle nur sehen. Es war fast, als ob über die gut erhaltenen Zähne des Vetters der Base das Beißen verginge. Indessen erholte sie sich bald und ließ sich, was da war, wohlschmecken. Die Base war eine von den höchst interessanten Personen, welche die Kunst verstehen, Essen und Reden so zu vermitteln, daß nicht nur keins dem andern Eintrag tut, sondern das Reden Essen und Trinken gleichsam verdeckt. Essen und Trinken der Rede nach helfen ihr den gehörigen Nachdruck geben, gleichsam die wahre Interpunktion.

Während die Zähne schwere Pflichten erfüllten, stieß sie mit ihrer spitzigen Zunge, welche noch spitziger als die Nase war, in der ganzen Verwandtschaft herum, spießte ein Glied nach dem andern, hielt es kürzer oder länger über das heiße Feuer ihrer Bemerkungen, und wem sie recht wohlwollte, dem pfefferte sie noch mit dem früher gekauten Pfeffer. Mit besonderer Sorgfalt wurde geschmort und gepfeffert die Bärenwirtin, daß sie zusammenschmorte, nicht größer ward als ein Bein auf einem Schindanger und einen Geruch von sich gab wie eine Katze, welche seit acht Tagen im Speicher ein elend Ende gefunden. Dann mußte über das Feuer der Vetter zu Waschliwyl, wirklicher Hauptmann und Ratsherr in Hoffnung. Diesen zerrte sie auseinander und zerschnäfelte ihn, daß man mit einer Leber, welche man zu einer sauern machen will, nicht ärger umgehen kann. Sie wußte alles, was er als Hauptmann getan, und noch viel mehr, was er als Ratsherr tun werde. Hinter alles, so gleichsam als Ausrufungszeichen, setzte sie zentnerschwere Seufzer, sagte endlich: sie wüßte noch was, aber sagen werde sie es nicht; über das Herz könnte sie es nicht bringen, geschweige über die Zunge. Vetter Kirchmeier mußte die Hebeamme machen, das Schreckliche erst über das Herz, dann über die Zunge befördern; endlich, nachdem die Base noch einige wenigstens zwei Zentner schwere Seufzer losgelassen, sagte sie: ja, sie wolle es sagen, aber der Vetter solle doch nicht meinen, sie habe es erdacht, sie könne zwanzig Zeugen stellen für einen, daß der Lumpenhund es gesagt habe. Wenn derselbe nämlich sich festgetrunken, mit den Talern um sich werfe, als ob es Kieselsteine wären, daß die Leute die Hände über dem Kopfe zusammenschlügen, prahle er, wie das nichts sei und noch ganz anders gehen müsse, wenn einmal der Alte im Nidleboden die Nase unter der Erde hätte. Dort sei er Haupterbe, der Alte halte viel auf der Familie, und werde er zum Hauptmann noch Ratsherr, so fehle es ihm nicht, dem wolle er dann die grauen Taler sonnen. Das Herz wolle es ihr abdrücken, wenn sie so was vernehmen, und wenn sie das schöne Gut in solchen Händen sehen müßte, sie glaube nicht, daß sie es überlebte. Und ernst wars der Base, denn sie nahm das Nastuch und wischte die Augen, daß es eine strenge Sache war. »Habe deretwegen nicht Kummer, Base!« sagte der Alte, mit dem linken Auge blinzend, aber nur ganz leise; »unser Herrgott wird schon sorgen, daß alles an den rechten Ort kömmt, und was er tut, ist wohlgetan. Übrigens wird auch nicht alles wahr sein, was man über den Hauptmann sagt, die Leute reden gar viel, besonders in den langen Tagen. Und wäre es auch, denk o, Base, so kann er sich ja bekehren, unser Herrgott hat schon größere Sünder bekehrt, als der Hauptmann einer ist. Bei Gott seien alle Dinge möglich, steht geschrieben.«

Die Base wurde blaß und antwortete mit verhaltenem Grimme: es werde noch manches geschrieben stehen, wo es gut wäre, daß man daran dächte. Daß aber der liebe Gott mit einem Unflat wie der Hauptmann sich werde abgeben wollen, selb zweifle sie. Soviel sie wisse, stehe nirgends geschrieben, daß er das Wüsteste alles austrappen wolle. »Aber, was ich eigentlich sagen wollte«, lenkte sie ein, »ich hoffe, Ihr habet es nicht ungerne, das ist wegen Mareilis Kleidern. Wie bräuchlich und anständig, ist das Mädchen nicht versehen, jede Herrenköchin geht besser. Denkt, es hat nur vier Mieder, das neueste schon drei Jahre alt, und nicht mehr als drei Dutzend Hemden, denkt o, Vetter! Vom übrigen will ich nur nicht reden. Ich zürne es nicht an Euch, ich weiß, daß das Mannevolk in solchen Sachen keinen Verstand hat, aber da dachte ich, wofür unsereiner eigentlich auf der Welt sei, als für Verstand zu machen, wo er fehlt.«

»Da, Base«, sagte der Alte, »habt Ihr ganz recht, man sinnet nicht an solche Dinge, aber wenn man uns den Verstand macht mit Manier und nicht mit dem Holzschlegel, so sind wir dankbar. Ja freilich, Mareili muß Kleider haben, wie es sich gehört. Laßt ihm machen, was Ihr nötig findet, und was es kostet, zahle ich.« »He nun, das wäre eins, und Ihr sollt Dank haben, habe ich doch gleich gedacht, es fehle Euch nur am Verstand und nicht am guten Willen, und wo der Wille ist, da kann man dem Verstand immer nachhelfen, mit Manier, versteht sich. Nun ist aber noch eins, was anders sein muß, mein Mädchen kann ich nicht so dabeilassen. Das andere Mädchen, Babi, oder wie es heißt, welches Ihr da ins Haus genommen, ohne Mareili zu fragen, ob es ihm anständig sei, und ob es dasselbe auch brauchen könne, das ist ihm grausam zuwider, und das muß fort, sonst geht Mareili. Es hat gar keine Hülfe von ihm, es kann nichts, will sich nicht berichten lassen, weiß nichts, als Streit und Klatschereien anzustellen, alles hintereinanderzutreiben. Es ist das schlechteste Mensch, welches unter der Sonne herumläuft, Vetter, und das ist es, Ihr mögt es immer glauben oder nicht, Vetter.«

»Da kömmst du mir gerade auf den rechten Punkt, Base«, antwortete der Alte, »gerade von dem habe ich dir anfangen wollen, es ist dann doch nicht, daß unsereinen gar nichts sinnet.« Der Base ward doch etwas bange, sie hatte zu tief gegriffen, indessen ließ sie sichs nicht merken. »Sieh, Base«, fuhr der Alte fort, »ich habe gedacht, Mareili versaure, bringe hier seine besten Jahre zu, ohne etwas zu lernen.« »Das ist wahr«, sagte die Base, »gut hat es das Mädchen nicht, es hat mich schon manchmal erbarmet, und dazu so angebunden und eingeschränkt, daß ich es fast heimgenommen hätte, wenn ich nicht gedacht, es werde einmal dafür belohnt. Verstoßen werdet Ihr es doch jetzt nicht wollen.«

Der Alte ließ sich nicht irren. »Bös hat es das Mädchen nicht, es heißt ihr niemand mehr machen, als es kann, es gibt viele Bäurinnen das Land auf, das Land ab, sie sind nicht soviel Meister als es; aber wie junge Mädchen sind, es hat es auch je besser, desto lieber. Darum dachte ich, wie es wäre, wenn Mareili noch ins Welschland ginge, die Sprache zu lernen, das Kochen, Manieren und Lebensarten und sonst noch allerlei. Dort könnte es zuerst Kellnerin sein. Ich habe drinnen einen guten Bekannten, wo das Mädchen es hätte wie eine Herrenfrau, besser wäre nichts. Später könnte es, wenn es Lust daran fände, zur Wirtin geraten. Wirtshäuser zum Kaufen gibt es genug, und kömmt die neue Straße hier durch, wie die Rede geht, so wäre dort unten beim großen Nußbaum der schönste Platz zum Bau eines neuen.« Der Base war bei dieser Rede ein Stein von dem Herzen gefallen und ein Licht aufgegangen. »Die Sache gefiele mir so übel nicht«, sagte sie, »aber ich muß an Euch denken. Wie könnt Ihr es machen, wenn Mareili fort ist? Mit Bäbi ist ja nichts, und je eher Ihr die Dirne fortjagt, desto wohler seid Ihr. Ich werde für jemand anders sorgen müssen? Vielleicht wüßte ich jemand, wenn die Sache nämlich auch Mareili anständig ist; das ist die Hauptsache.«

»Natürlich«, sagte der Alte, »und es wird mir ungewohnt vorkommen, wenn es fort ist, aber man muß sich leiden können in der Welt. Mareili wird viel kosten, da denke ich nicht, mir neue Kosten zu machen. Ein alter Knecht hat seine Frau im Küherstöcklein, die könnte einstweilen eintreten. Wenn dann Mareili Sprache und Kochen gelernt hat, und es will einstweilen wieder zu mir, so findet es, wann es will, seinen Platz wieder, und die Frau kann wieder ins

Küherstöckli.« »Und dann das Mensch, die Bäbe, was wollt Ihr mit dem?« frug die Base. »An dieses habe ich nicht gedacht«, sagte der Vetter, »allweg kann es nicht so bleiben, man muß sehen, was zu machen ist. Die Hauptsache ist jetzt, daß Ihr mit Mareili redet.«

Es war der Base etwas da im Wege, sie wußte aber nicht recht, was, denn der Alte machte das ehrlichste Gesicht von der Welt; überhaupt hatte sie zu viel Selbstbewußtsein, um zu fürchten, so ein alt, dumm Männchen könnte sie überlisten. Allweg wohne sie nicht weit, sagte sie, und könne immer ein Aug zur Sache haben, und wenn der Vetter sie nötig hätte, so könne er sie rufen lassen, sei es Tag oder Nacht, so scheue sie für ihn weder Wind noch Wetter.

Unerwartet schien Mareili ein Stein des Anstoßes, bitterlich begehrte es mit der Mutter auf, daß sie es wolle austreiben helfen; es merke den Spaß wohl, aber lebendig bringe man es hier nicht fort. Unverrichteter Sache mußte die Mutter abziehen, und, wie spitz sie die Sache auch überschlug, ins klare kam sie nicht, wer recht hatte, der Kirchmeier oder das Mareili. Aber sonderbarerweise wandte über Nacht Mareilis Sinn sich, wie die Fahne auf dem Turme sich kehrt, und wer die Ausführung des vetterlichen Vorschlages auf das emsigste betrieb, war Mareili. Es gab Leute, welche die Umwandlung über Nacht Mareilis Liebhaber zuschrieben, welchem die Aussicht auf eine Wirtschaft die schönste Aussicht in der Welt schien.

Staatsmäßig ausgerüstet, mit Geld wohl versehen, fuhr endlich Mareili dem Welschland zu, und wenn ein Mädchen zum ersten Male in die Welt hinausfährt, so hat es bekanntlich viele Gedanken über die Glückseligkeiten alle, welche sich ihm dutzendweise aufdrängen, über den tiefen Eindruck, welchen es auf die Welt machen werde. Mareili dachte absonderlich daran, daß man nie wisse, was es geben könne, daß aber, wenn es im Welschland zu einem reichen Engländer käme, welcher es mit Teufels Gewalt zur Frau haben wollte, so früge es eigentlich dem Nidleboden nicht so viel nach und würde nicht nein sagen. So ein Tröpflein sei es am Ende denn doch nicht, daß es meine, man könne nur an einem Orte leben und dazu noch an einem, wo man so bös haben, so schwere Arbeit verrichten, so wenig schlafen könne; am schönsten sei es doch da, wo man bei vielem Gelde essen und trinken könne, was einem gut dünke, arbeiten könne so wenig, schlafen soviel, als man wolle, und tun, was einen ankomme.

Auf solche Höhe des Weltbewußtseins erhob sich Mareilis Mutter nicht, sie hing an der Scholle, sie hing am Nidleboden mit Leib und Seele. Sie war öfters dort, als es dem alten Kirchmeier lieb war, und zeigte Gelüsten zu einem Regimente, welches höchstens der leibhaftigen Nidlebodenbäuerin zukam. Doch zügelte sie nach und nach ihren Eifer, als sie sah, daß im Nidleboden alles in gewohntem Gange blieb, und wenn auch die Bäbi nicht fortgejagt wurde, so gab sie ihr doch keine Ursache zur Bekümmernis. Der Alte ließ die Bäbi immerfort das Schwerste verrichten, hielt sie sehr knapp in den Kleidern, obgleich sie eigentlich auch Base und Patin war, gab ihr überhaupt keine Zeichen irgendeines besondern Wohlwollens, sondern jagte sie von früh bis spät ununterbrochen auf ihren armen Beinchen herum. Mit des Knechts Frau dagegen schloß die Base einen Bund. Diese ward ihre Vertraute. Und wenn sie dieselbe auch nicht zu ihrem Zerberus oder Höllenhund machen konnte, welcher außer unter gewissen Bedingungen niemand aus- und einließ, so machte sie dieselbe doch zu ihrem Wärter und Zöllner oder Berichterstatter, welcher melden sollte, wer aus- und einging, überhaupt alles, was passierte im Nidleboden. Wie treu dieser Berichterstatter der Base war, wissen wir nicht, aber man hat Beispiele, daß solche Berichterstatter zwei Hände haben, daß beide nehmen und beide wohl wissen, was sie tun. Übrigens war dieser Posten wirklich ein wichtiger, es gab viel zu berichten, denn, wie oben gesagt worden, der Nidleboden war ein Wallfahrtsort, an welchem die Pilgrime zahlreich aus- und eingingen, manchmal auch fuhren.

So fuhr eines Tages eine Chaise vor das Haus, das war im Nidleboden ein Ereignis; Bernerwägeli sah man wohl öfters, aber Chaisen waren rare Vögel. Aus der Chaise stieg ein großer Mann oder Herr, wie man lieber will, denn man konnte ihn für das eine oder andere nehmen, je nachdem man ihn von dieser oder jener Seite ansah. Aus der Chaise nahm derselbe ein rundes Paket und frug dem Kirchmeier nach. Man lief nach demselben im Hause herum. Unterdessen ging der Herr ums Haus herum, und siehe da, der Vetter Kirchmeier war bereits zum Hintertürchen hinaus und beinelte im Geschwindschritt durch die Bäume, mit dem Wasserschäufelchen auf der Achsel.

»Der Donners Schelm will entrinnen, wohl, dem will ich!« brummte der Herr, dann rief er: »Vetter, Vetter, wo aus so schnell?« Vetter Hans Joggeli, der nie die Schärfe eines Sinnes verbarg oder verleugnete (man könne sich mit so was versündigen, sagte er), kehrte alsbald sich um und sagte: »Ei der Tausend, Vetter Hansli, seid Ihr es, ein seltener Gast und so dick und so schön! Das trifft sich doch gut, fünf Minuten später, ich wäre fortgewesen, und das wäre viel zu übel gegangen.« Vetter Hansli, der nagelneue Vetter, war ein Prachtkerl, besonders für alle, welche ihn nicht näher kannten, sondern bloß reden hörten oder ihn von weitem sahen. Er redete von allem, er handelte um alles, er erlaubte sich alles, er übertraf alles, kurz, er war eben ein Prachtkerl. »Vetter Kirchmeier«, sprach Hansli, »ich will Euch nicht aufhalten, es wäre mir leid, wenn ich Euch versäumte.« Er möchte ihm nur guten Abend sagen und was abgeben. Auf einer Reise ins Oberland hätte man ihm irgendwo Käs aufgestellt, so zart und mild wie ein sechzehnjährig Mädchen. Da hätte er alsbald an den Vetter Kirchmeier gedacht, der wäre für ihn, und so ein Käschen ihm mitgebracht.«

»Ihr seid doch immer der Bravste«, antwortete Vetter Hans Joggeli, »so an einen alten Vetter zu denken und noch dazu im Oberland, und wenn Euch der Käs an die milden, zarten Oberländerinnen erinnert. Kommt herein, drinnen ists kühler, besser läßt sich schwatzen dort.« Nach einigen Komplimenten, daß er nicht versäumen wollte, und nach scherzhaften Antworten, wie die Matten ihm nicht fortliefen, dieweil sie sehr alt seien und froh, sich stillzuhalten, brachte Vetter Hans Joggeli den Vetter Hansli in die Stube.

Als Hansli saß, sagte er: ja, aber schuld wolle er doch wahrhaftig nicht sein, wenn er heute den Kehr habe und das Wasser nehmen könnte; jetzt sei das Wässern gut, und mit der Sache sei es nicht wie mit einer andern, welche man morgen oder übermorgen nachholen könne, wenn man sie heute versäume. »Habt deretwegen nicht Kummer!« antwortete der Alte, »was ich nicht mache, kann ein anderer machen. Witzig wäre es nicht für ein alt Mannli, wie ich bin, wenn er allein dasein wollte für eine Hauptarbeit; über Nacht kann es mir ja fehlen, und dann, wenn niemand da wäre, der um die Sache wüßte, so ging es übel. Das Wässern lernt man nicht in einem Tage, und wenn man es schon auf einer Matte kann, so muß man es auf jeder neuen Matte neu studieren.« »So, habt Ihr dann jemand, dem Ihr es anvertrauen dürft ?« fragte Hansli halb erschrocken.

»Den Melker nehme ich mit, wenn er Zeit hat, und zeige ihm, wie die Sache gemacht sein müsse. Er ist nur ein jung Bürschchen, aber ein gutes, und hat Fleiß zur Sache. Ich bin sein Pate und soll auch noch der Vetter sein. Selb weiß ich aber nicht bestimmt, mein Kopf ist zu klein für die große Verwandtschaft, und manchmal hat es mich fast dünken wollen, es wüchsen alle Jahre neue Vettern und Basen aus dem Boden herauf wie der Naturklee in guten Äckern. Sei aber das, wie es wolle, so ist es allweg eine schöne Sache um eine so große Verwandtschaft«, setzte er blinzend hinzu.

Hansli ward krebsrot, als er von einem Melker hörte, welcher Pate und Vetter zugleich war, dem der Vetter noch obendrein das Wässern lehrte und es ihm anvertraute; es stellte ihm förmlich den Atem, und eine Weile ging es, bis sein Redwerk wieder lief.

Er wolle ihm nicht mit Kaffee aufwerten, sagte der Kirchmeier, er denke, er werde es haben wie er und mehr Liebhaber sein von einem Glase Guten. Am Morgen nehme er den Kaffee gern, aber am Abend wolle er lieber drei Gläser guten kühlen Wein als eine Tasse heißen Kaffee. Auch holte der Kirchmeier nicht bloß eine Flasche, sondern ein ganzes Maß, so daß Hansli das Herz im Leib hüpfte vor Freude und er sagte: »Potz, Vetter, Ihr habt es gut im Sinne mit mir oder meinet, mit wenigem könne ich es nicht machen!« Es sei ihm um ihn selber, er sei durstig, und wenn er trinke, so sei er gerne ruhig und laufe lieber nur einmal in den Keller statt zwei- und dreimal, sagte der Kirchmeier, schenkte fleißig ein, und je fleißiger dieses geschah, desto flüssiger ward Hanslis Rede. Das waren seine Glanzmomente, wenn er hinter einem Glase Guten schwadronieren konnte über alles mögliche, daß die Schwarten krachten, und zu jemandem, der ihm nicht widerredete, dem er nicht so viel Verstand zutraute, ihm die Schuhriemen aufzulösen. Dann war die ganze Welt sein Gebiet, den Lappländern gab er so gut ihren Teil als den Engländern; Napoleon schien gegen ihn ein alt Weib, Metternich ein Schulbub, Peel ein veralteter Esel; und was das Geschäftemachen anbetraf, so waren die sämtlichen Gebrüder Rothschild im Vergleich zu ihm elende Grämpler und Lumpensammler, und wenn sie reicher seien als er, so komme es lediglich daher, daß sie bessere Zeiten gehabt als er. Das sei halt eine Sache, und wenn man alles könne, und wenn man noch so geschickt sei und noch so kuraschiert, eins könne man nicht, die Zeit machen könne man nicht.

Beifällig nickte dazu der alte Kirchmeier mit dem Haupte und sagte: »Ja, ja, das ist allweg eine Sache mit der Zeit, die kann kein Mensch machen; da habt Ihr ganz recht, Vetter, das ist eine ganz aparte Sache mit der Zeit.« Von Weltpolitik und Rothschildischen Handel glitt er wie ein Diplomat mit Anlagen unvermerkt weiter bis auf Kühe und Kuhhandel. Weitläufig erzählte er dem Vetter, was das für ein Handel sei («Ja, ja, das ist ein Handel!« nickte der Alte), von den bösesten, er könne es einem sagen. Er sei nie sicher, daß er nicht betrogen werde, und doch werde ihn nicht mancher darin übertreffen; es würden ihm sonst nicht so viel Leute auftragen, für sie Kühe zu kaufen, wenn sie nicht wüßten, wie berühmt und glücklich er mit den Kühen sei. In nächster Woche gehe er nach Erlenbach, so wie dort treffe man sie nirgends. Er habe schon zwar viele Aufträge, aber wenn er dem Vetter Kirchmeier etwas dienen könnte und derselbe es ihm anvertrauen wolle, so wolle er ihn versorgen, daß er selbst sagen müsse, so hätte ihn noch niemand versorget. Das glaube er, sagte Vetter Hans Joggeli und blinzete leise links. Indessen, da er bereits für so viele sorgen müsse, so wolle er ihn nicht belästigen, auch glaube er, er könne es einstweilen machen im Stalle, ohne zu ändern. »He«, sagte Hansli, »wann Vetter Kirchmeier was nötig hat, so geht dies allem andern vor.« Wenn er erlaube, so wollten sie miteinander ein wenig in den Stall. Es nehme ihn wunder, wie er versehen sei, vielleicht könne er ihm was raten. Er wisse wohl, daß der Vetter seinerzeit im Handel ein Tüchtiger gewesen sei, so daß weit umher ihm keiner gleichgekommen. Aber wer nicht auf allen Märkten herumkomme, kenne Kauf und Lauf nicht, und wenn man sich nicht alle Tage damit abgebe, komme man aus der Übung. »Eben«, sagte der Alte und führte den Vetter dem Stalle zu. Derselbe unterließ nicht, bei seinem Eintritt in denselben Glück in den Stall zu wünschen, ein alt, üblich Zeichen oder gleichsam eine Verwahrung, daß man in gutem Sinne ihn betrete, ihn nicht zu verhexen begehre.

Hierauf hielt derselbe über die zehn Kühe und übriges junges Vieh förmlich und staatsmäßig Heerschau, akkurat wie ein General über eine Division. Zuerst marschierte er (ein General galoppiert gewöhnlich, was aber in einem Stall nicht wohl tunlich ist) den Stall entlang, um einen allgemeinen Überblick zu gewinnen, dann schritt er zur Spezialrevue. Er trat zwischen die verschiedenen Häupter, das heißt zwischen die Kühe, denn man sagt in der Schweiz oft: »Der Bauer hat zehn Häupter im Stalle«, das heißt zehn Kühe; kurios das und fast anzüglich. An diesen Häuptern und deren Leibe griff er herum, zog die Haut von den Rippen, faßte die Euter, fuhr in der Krippe herum, wischte allerlei daraus herauf, kurz, tat, wie Kenner zu tun pflegen. Das alles tat er stillschweigend, bis die Runde vollbracht war (zu Kühen kann man bekanntlich nicht reden wie zu Soldaten, begreiflich, dagegen zu Soldaten als wie zu Kühen, da liegt halt der Unterschied), und noch als er auf den erhöhten Gang herauftrat, schwieg er stille, nur schnaubte er schrecklich und machte Augen, daß man hätte glauben sollen, es seien Zwölfpfünder, welche eben im Begriffe seien, aus dem Loche zu fahren.

Der alte Kirchmeier hatte auch geschwiegen, aber ganz kaltblütig, ohne Schnauben und aparte Gebärden, und ebenso kaltblütig fragte er: »Und nun, Vetter Hansli, wie findet Ihr die Sache, nicht wahr, ich bin versorgt, oder was ratet Ihr?«

Vetter Hansli machte es wie ein diplomatischer General, vor den Kühen sagte er nichts, zuckte bloß einigemal sehr bedenklich die Achsel, betrachtete draußen noch den Düngerhaufen, steckte die Nase ins Jaucheloch und folgte schweigend dem Kirchmeier in die Stube, welche ihm ziemlich solide Wände zu haben schien, hinter welchen ein Horcher nicht gute Geschäfte machen konnte. Drinnen schenkte, sobald man sich gesetzt, der Alte wieder ein, machte Gesundheit und frug nun neuerdings: »Nun, Vettermann, wie stehts?« Dem guten Hansli ging es mit seiner Diplomatik fast wie einem Schauspieler, welcher eine Rolle spielen will, deren Urbild er nur vom Hörensagen kennt und daher übertreibt. Statt zu reden schnaubte Hansli immer ärger, blies seine Augen wieder auf, daß sie wurden wie die gläsernen Kugeln, welche die Schuhmacher brauchen, sagte bloß, da sei ihm lieber, man frage ihn nicht. Zudem müsse er fort, er möchte heute noch weit. »He, Vetter«, sagte der Kirchmeier, »so ist es nicht gemeint. Ich sehe wohl, die Sache gefällt Euch nicht, und jetzt heraus mit der Sprache, nur so mit Zeichen und Gebärden ist mir nicht geholfen!« Er sage lieber nichts, je weniger man sage, desto weniger komme man in Verlegenheit; je besser man es meine, desto leichter mache man die Leute bös, und je böser man es antreffe, desto böser sei zu raten, antwortete Hansli.

Das geschehe oft, dawider habe er nichts, entgegnete der Alte, entweder wenn man unberufen raten wolle, oder wenn eitle, dumme Leute um Rat frügen, bloß um gerühmt zu sein. Aber jetzt sei er es, der frage, und für dumm werde der Vetter ihn doch nicht ansehen – oder?

»Nun, wenn Ihr es dann gehabt haben wollt«, brach Hansli hervor, daß es fast krachte wie ein längst geladener Schuß, und schlug zur Nachhülfe noch fast gar auf den Tisch, mäßigte sich jedoch, ehe die Faust fiel, »ich hätte nicht geglaubt, an einem solchen berühmten Orte einen solchen Stall anzutreffen, es ist ja fast kein Haupt darin, welches ich mit Freuden in meinem eigenen Stalle haben möchte. Vor allem aus müssen die beiden vordersten Kühe fort, bei diesen ist kein Aufgang mehr, sondern täglicher Abgang, jetzt löst Ihr noch was daraus. Die andern Kühe sehen bös aus, die Haut geht nicht von den Rippen, die Euter scheinen verwahrlost. Vollends bös steht es mit dem jungen Vieh, dieses hat Haare, daß man es frisieren könnte, und höchst wahrscheinlich doch Läuse darin. Begreiflich sind aber an ihrem bösen Aussehen und Zustande weder Kühe noch Kälber selbst schuld, sondern der Lausbub, welcher die Kühe zu besorgen, die Kälber zu erziehen hatte. Der treibt wahrscheinlich was anders und hat Höheres im Sinne, als zum Vieh zu sehen – der Hundejunge! Er nimmt sich nicht Zeit zum Füttern, die Kühe sollen ein halb Klafter auf einmal fressen, in der Angst zertreten sie die Hälfte unter den Füßen, so wird das beste Futter zu Mist. Den Mist legt er nicht zurecht, die Tiere sind voll Kot, der ärgste Mist ist in der Krippe, die ganz voll ist, stinkt wie die Pest, und wie ungesund das ist, das wißt Ihr, Vetter. Düngerhaufen habt Ihr für so viel Vieh einen miserablen, während die Jauche in den Stall läuft. Das sind die besten Zeichen, daß er zu faul ist, der Schlingel. Oh, man glaubt nicht, was so ein Kerl in einem Jahre in einem Stalle schaden kann! Hundert, zweihundert Taler machen es nicht wieder gut. Wenn er zu den Matten nicht besser sieht, so habt Ihr Gottes Gnade nötig.«

Wenn der liebe Gott einstweilen nur seiner Seele gnädig sei, sagte der Kirchmeier, so sei er zufrieden. Indessen könne Vetter Hansli wohl recht haben, daß es im Stalle nicht sei, wie es sein sollte, er sei alt und habe ein kurz Gesicht, und wenn er es gut mit den Leuten meine, so meine er, sie sollten es auch gut mit ihm meinen, so sei es ehemals der Gebrauch gewesen.

»Keinem Menschen traut mehr, Vettermann, keinem Menschen, absonderlich all dem Lumpengesindel nicht, welchem Ihr Pate seid und obendarauf zu Vettern und Basen sich lügt, selbst von den rechten Verwandten traut nicht allen, es gibt Schelmen und Spitzbuben in den besten Familien. Aber doch dann auch solche, welche es gut meinen, auf welche man fußen kann, und die werdet Ihr wohl kennen, Vettermann, sie sind gut zu kennen. Allweg sind es nicht die, welche Euch alle Tage mit dem Braten, mit dem Körbchen oder mit dem Säcklein vor dem Hause sind!«

»Ja, ja«, sagte Hans Joggeli, »gottlob gibt es noch immer einen großen Unterschied in der Welt. Aber recht habt Ihr, die Mehrheit ist böse, der ist auch hell nichts zu trauen, vor der muß man sich in acht nehmen. Aber das kommt von der neuen Religion, wo jeder sein eigener Herrgott ist, und von der neuen Politik, wo keiner ein anderes Vaterland kennt als seinen Bauch oder seinen Geldsack, jeder säuft, soviel hinuntergeht, und, säuft er nicht, lügt, soviel hinaufmag. Doch nichts für ungut, Vetter, ich habe mich doch nicht etwa verfehlt; wills Gott, seid Ihr nicht etwa einer von den Neuen?«

»Bewahre mich Gott davor, ich würde mich schämen, solange ich lebte«, sagte Hansli, doch mit ganz verdrückter Stimme, als ob ein Froschbein ihm im Halse steckte. »Ich will nicht sagen, daß ich nicht meine, manches könnte besser sein, aber wegen der Religion soll mir niemand was vorhalten, potz Himmelsackerment, und das Vaterland ist die Hauptsache und das Volk obendrauf, potz Hagel! Aber, um wieder auf die Kühe zu kommen, wenn ich Euch zwei oder drei schöne junge Rinder von Erlenbach bringen würde? Dort gibt es freilich auch alte Staatsrinder, aber an andern Orten tun sie nicht gut, man muß sie jung kaufen, wenn man was an ihnen verdienen will. Unterdessen könnt Ihr die zwei vordersten Kühe abstoßen, ich will Euch einen Berner Metzger zusenden, das sind die kommodsten, die sehen nicht auf den Kreuzer und daneben noch manch anderes nicht. Ich weiß nicht, wie es kömmt, aber die Städter sind gar verflucht dumm heutzutage.« »Die Nidauer, Vetter, die Nidauer ausgenommen«, warf der Alte ein. Aber Hansli hatte Ohren wie viele; was ihm nicht gefiel, hörte er nicht. »Aber, beim Hagel«, fuhr er fort, »unter solche Hände junge Erlenbacher Rinder zu geben, wäre eine himmelschreiende Sache; der Knecht muß fort, wenn ich Euch was kaufen soll. Ich mag einkaufen, wie ich will, in vier Wochen ist das Vieh verdorben, man kennt es nicht mehr, dann muß ich schuld sein.« »Ja, ja, Vetter, fortschicken kann man wohl einen«, antwortete Hans Joggeli, »aber wo gleich einen andern nehmen?« »Ich weiß Euch einen«, sagte Hansli, »so ist keiner das Land auf und ab, den sende ich Euch die nächsten Tage.« »Nur sachte, Vetter, nur sachte!« sagte der Kirchmeier, »beim ersten Anlaß will ich mit Benz rechnen. Aber so mitten im Jahr mir nichts dir nichts einen Knecht fortschicken tue ich nicht. Schelmen, Vetter, Schelmen, diese haben nichts zu fürchten, brave Leute aber scheuen der Leute Mäuler, müssen auch die Regierung fürchten, daß diese sie in Ungelegenheit bringe, Vetter!«

»Also zwei Rinder wollt Ihr, Vetter?« sagte Hansli, ungehört lassend, was ihm nicht gefiel. »Ja«, sagte Hans Joggeli, »so ist es mir recht, und schöne möcht ich. Wenn ich Euch dreihundert Gulden mitgebe, so wird damit auszulesen sein ?« »Mehr als genug, für so viel Geld sollte es Staatsrinder geben. Geld, Vetter, ist nicht nötig, bis Ihr die Ware habt. Ich bin zwar nicht versehen damit, aber wohin ich komme, habe ich Kredit, an manchem Ort mehr als für hundert Kühe.« »Darauf ist sich nicht zu verlassen«, antwortete der Vetter, »und oft, wenn man ihn am nötigsten hätte, so findet man die Leute nicht daheim, oder die Sache ist sonst nicht richtig.« »Ja, wenn Ihr es wollt gehabt haben«, sagte Hansli rasch, »so ist es mir ganz recht; kommoder ist es in alle Wege, und wenn es Euch gleichgültig ist, so macht gleich sechshundert Gulden! Man weiß nie, welch guter Schick einen anläuft. Das nächste Mal, wenn ich komme, wollen wir abrechnen.« Der Alte stutzte, faßte sich aber und sagte: »Weil Ihr es seid, Vettermann, aber ich bin selbst fast auf dem trocknen, jedermann glaubt, ich hätte kein Geld nötig, darum bezahlt mich niemand oder doch immer zuletzt. Also so bald als möglich, ich zähle darauf.«

»Darauf könnt Ihr Euch verlassen, wie auf Gottes Wort«, sagte Hansli und stellte sich auf, als sei er der Berg Sinai, von welchem herab Gott gedonnert und geblitzet hat. »Nit, nit«, entgegnete der Alte rasch, »mit Gott zählt sich kein Hansli zusammen, wenn er ein Christ ist. Das ist neuer Zeug, welchen ein Alter, welcher bald vor Gericht muß, nicht brauchen kann; für einen Jungen, der sein eigener Herrgott ist und die Hosentasche sein Vaterland, mag es angehen, nur höre ich es nicht gerne in meinem Hause, Vetter!« »Ei, Vetter Kirchmeier«, sagte Hansli, »müßt mir die Worte nicht auflesen, bin ein frommer Christ, kein Neuer (hier hustete er wieder, doch nicht so stark als das erstemal). Aber, was ich habe fragen wollen, welche Farbe liebt Ihr, rot oder schwarz oder scheckicht? Vielen Leuten ist die Farbe die Hauptsache.« »Nur nicht weiß, Vetter«, sagte der Kirchmeier. »Weiße Kühe sind immer schmutzig, fressen noch einmal soviel als die andern und sehen doch immer mager und elend aus, bei ihnen ist halt kein Segen. Sonst ist mir all eins, es kann halt nicht jede Kuh gleich gefärbt sein; daß sie gut sei, ist die Hauptsache, und das wäre eigentlich auch mit den Menschen meine Meinung.«

Hansli hatte abermals Ohren, welche nicht hörten. »Sapperment«, sagte er, seine Uhr betrachtend, »wie spät, muß pressieren, sollte um achte auf der Ochsenweide sein. Lebt wohl, Vetter Kirchmeier, verlaßt Euch auf mich, versorgt sollt Ihr werden wie noch nie!« Er glaubs, sagte der Alte und blinzete leise links. Hansli polterte hinaus, gab dem Knechte, welcher ihm einspannte, einen halben Batzen Trinkgeld und fuhr, da die Diplomatik im Weine ertrunken war, denselben an: »Höre, Bürschchen, zum Vieh mußt du besser sehen, wenn du dich für einen Melker ausgeben willst! Sapperment, wenn mir der meine das Vieh so verliederlichte, auf der Stelle jagte ich ihn fort; weißt, Bürschli, die Kühe kosten Geld, die kann man nicht auflesen wie die Steine auf dem Acker!« Somit fuhr er von dannen und hinterließ, wenn auch nicht einen Gestank, wie der Teufel es im Brauch haben soll, doch böse Eindrücke und namentlich bei dem angefahrnen Knecht.

Solche Eindrücke verarbeiten sich oft sehr langsam, namentlich im Bernbiet, und brechen so spät zutage, daß man mit großem Erstaunen die Sündeneier lebendig werden, auskriechen sieht und gar nicht begreifen kann, wie sie dahin gekommen, und wer sie gelegt hat.

Eines Morgens war der Kirchmeier, wie er es oft pflegte, beim Melken im Stalle. Als Benz die letzte Kuh gemolken, den Melkstuhl abgebunden und an seinen Ort gehängt hatte, sagte er: »Pate, möchte Euch was sagen, aber zürnt mir nicht!« »Was hast?« fragte dieser kurz. »Pate, ich will fort«, drückte Benz heraus. »Du fort«, schnauzte der Alte, »was fällt dir ein, oder hast was Schlechtes gemacht und willst der Schande entlaufen?« »Nein, selb gottlob nicht«, antwortete Benz, »und mir nichts dir nichts gehe ich nicht fort. Aber da ich sehe, daß ich nichts mehr recht machen kann, daß man kein Zutrauen zu mir hat, habe ich keinen Mut mehr zur Sache, und was ich machen muß, ist mir zuwider, und so mag ich nicht mehr dabeisein.« »Aber wer sagt dir, du machest deine Sache nicht recht, und ich hätte kein Zutrauen mehr, selb möcht ich doch wissen!« frug der Alte. »He, der da, der Herr, oder wie man ihm sagte, welcher Euch das Käsli gebracht hat, der hat es mir gesagt. Ich bin nur einmal reuig, daß ich ihm den halben Batzen, welchen er mir als Trinkgeld gegeben, nicht ins Gesicht geschlagen.«

»Was geht dich aber der an, und was hast du dich dessen zu achten, was er sagt?« fuhr der Alte den Jungen an. »Warte, bis ich es dir sage, dann ists frühe genug, aufzubegehren und aufzupacken.« »Ja, aber ich habe darum geglaubt, Ihr hättet es ihm angegeben, er solle mir das sagen«, sagte Benz kleinlaut.

»Ein Lümmel bist!« fuhr der Alte zornig auf. »Meinst, was ich dir zu sagen hätte, dürfte ich dir nicht mehr selbst sagen, müßte weither einen Hanswurst und Bölimann kommen lassen, um dir was zu sagen. Bürschchen, selb ist doch gottlob noch nicht. Mann und Meister im eigenen Hause bin ich doch noch so weit, daß ich keinen Halbweltsch muß kommen lassen, wenn einem Knechtlein ein Kapitel soll gelesen werden. Was sich aber so ein junger Laffe gleich einbildet, wenn man ihm einen Augenblick die Hand am Heft gelassen hat. Es ist halt jetzt so der Lauf der Welt, der Hochmut kriecht in die Kinder, ehe sie buchstabieren können!« »Seid mir doch nicht böse, Pate!« antwortete Benz. »Aber fragen muß ich doch, warum man mir da eine schlechte, krankhafte Kuh in den Stall stellt? Am Ende soll ich sie verwahrlost haben und nichts verstehn. Ich bin nicht so dumm, daß ich nichts merke.«

»Was, schlechte Kuh, wo ist eine ungerechte Kuh?« fragte Vetter Hans Joggeli. »Ho die, welche der Herr da von Erlenbach gesandt und hat sagen lassen, es sei ein rar Stück. Der fehlt offenbar was und ist mir gebeizt, um mich zuschanden zu machen«, antwortete Benz. »Ein Esel bist, hörst!« sagte der Alte, »fehlt der Kuh was, warum tust du nicht das Maul auf und sagst es mir?« Mit diesen Worten trat der Kirchmeier zwischen die Kühe, visitierte die angeklagte Kuh, welche Vetter Hansli mit dem Bescheid gesandt hatte, er hätte keine zweite anständige finden können zu Erlenbach, vielleicht gerate es ihm zu Frutigen besser.

»Der verfluchte Schelm!« brummte der Alte zwischen den Zähnen. Dann befahl er Benz, den Tierarzt zu rufen, hinzusetzend: »Und in Zukunft tue das Maul auf, ich bin der Meister. Bilde dir nicht ein, wenn ich dir was zu sagen hätte, so müßte ich einen Dolmetsch kommen lassen! Du bist noch lange nicht der türkische Kaiser, sondern nur der Benz. Bin ich zufrieden, so bin ich zufrieden, bin ich nicht zufrieden, so sollst du es schon erfahren und zwar ohne Dolmetsch, du Tropf, was du bist!«

Die Art und Weise, wie der Pate den Dorn aus der eiternden Wunde zog, tat Benz wohl weh, aber, was die Hauptsache war, der Dorn ging aus, der Schmerz ließ nach, die Wunde schloß sich, und Benz wurde es nach und nach wieder behaglich. Wahrscheinlich hatte der gute Vetter Hansli dem Benz, welcher ihm ein Dorn im Auge war, die Kuh absichtlich gebeizt, um ihn um Kredit und Gunst zu bringen, und hatte in seiner Weisheit nicht daran gedacht, daß im Nidleboden auch noch Leute seien, welche Augen im Gesicht und Hirn im Kopfe hätten. Es gibt aber Leute, welche sich einbilden, es sei niemand schlau als sie; solche Leute sind gewöhnlich am dümmsten und rechnen am schlechtesten.

Ein schöner Sonntag war in das Land gekommen, voll Sonnenschein und Blütenduft. Der alte Kirchmeier hatte einen glücklichen Morgen gehabt. Auf dem Kirchwege hatte er große Freude am Grünen und Blühen der schönen Gotteswelt; erbaulich hatte der Pfarrer gepredigt und sein Herz erquickt; gut hatte er gegessen und wohl daran gelebt; sein Herz, ohnehin nicht so eng, als es schien, war weit und weich. Als Bäbeli rasch und munter abräumte, freundliche Worte mit dem Vetter wechselnd, sagte dieser: »Es ist so schön heute, und du bist das ganze Jahr nie fortgewesen als in die Kirche, gelüstet es dich nicht heute wo aus? Wenn du willst, ich habe nichts dawider.« »Habt schönen Dank, Pate!« sagte Bäbeli, »heute, als Ihr in der Kirche waret, ging ich den Pflanzungen nach, und da dünkte es mich, wenn ich heute herumspazieren könnte, ich täte es. Doch ist es nicht, daß es sein muß; wenn es Euch nicht anständig ist, ich bleibe gern daheim.« »Geh!« sagte der Alte, »ein jung Mädchen muß doch zuweilen unter die Leute, muß sehn, wie es geht in der Welt. Sieh, da hast was zu einer Flasche!« und reichte ihm einen großen Taler, »aber zum Milchausrichten und Abendessen bist du doch wieder da?« Bäbeli hätte fast einen Satz getan vor Freude, nicht bloß des freien, schönen Nachmittags, sondern vielmehr der Teilnahme und des so seltenen Liebeszeichens des Vetters wegen. Der Vetter verdarb seine Leute nicht, mit dem Tadel ging er vorsichtig um und geizig mit dem Lobe. Er meinte, wenn er zufrieden sei und freundlich, so sollten alle zufrieden sein; daß er obendrein noch apart Lob spenden solle, schien ihm überflüssig, ja verderblich, weil die Leute meinen würden, sie hätten mehr als ihre Pflicht getan, mehr als sie von Rechtes wegen schuldig seien.

Bäbeli putzte sich in seiner Freude bestmöglichst auf, doch nicht kostbar, denn der Vetter hielt es viel knapper als Mareili, über deren Vernachlässigung die Mutter geklagt hatte. Aber Bäbeli war doch ein allerliebstes Mädchen in seiner netten Zierlichkeit, schlank und wild, und doch schwamm im Hintergrund des Auges eine feuchte Innigkeit, wie das Reh sie hat, wenn es durch Büsche bricht, um sein Junges zu suchen oder seinen Geliebten. Die Freude hatte den Glanz der Verklärung über das Mädchen ausgegossen, daß der Vetter große Augen machte, als es gerüstet in die Stube sprang, um Abschied zu nehmen, und seine Freude legte es so offen und kindlich an den Tag, daß der Vetter sie mißverstand, ärgerlich war und innerlich über den Leichtsinn der Mädchen brummte, welcher bei allen gleich sei und über einer Lustbarkeit Heil und Seligkeit vergessen könne. Kurios, hatte er doch Vetter Hansli gleich begriffen, alsobald erkannt, daß es der gesandten Kuh an der Lunge fehle, aber auf das fröhliche Herz des Mädchens verstand er sich nicht, begriff die reine Freude nicht, welche er doch selbst hatte emporblühen lassen.

Als Bäbeli fort war, welchem er mit einem wunderlichen Gemisch von Wohl- und Mißfallen nachsah, ging er über sein Bureau und machte sich ebenfalls ein Privatvergnügen. Er nahm Hausbuch und Zinsrodel zur Hand. Er führte diese Bücher genau und gut, aber so heimlich als möglich; nichts konnte ihn ärgerlicher machen, als wenn jemand ihn über denselben antraf. Er fürchtete vielleicht neugierige Augen, hauptsächlich aber wollte er das Ding mit allem Behagen ungestört und ungetrübt genießen. Ein Genuß, in welchem man gestört wird, verwandelt sich alsbald in das größte Mißbehagen.

Aber kaum hatte er sich zurechtgesetzt und das Behagen seinen Anfang genommen, so klopfte es draußen, und alsbald kam der Bescheid, er solle hinauskommen, es sei Besuch da. Er schnitt ein jämmerlich Gesicht, brummte allerlei, räumte weg und pressierte eben nicht mit dem Empfang. Draußen fand er eine stattliche Frau, eine Bäurin offenbar nach Kleidung und Haltung, hinter ihr stand eine lang aufgeschossene Stange, welche die Bleichsucht am Halse hatte. Gar mörderlich freundlich streckte die Bäurin Hans Joggeli die Hand entgegen, titulierte ihn, so schön sie konnte, Vetter Kirchmeier, rühmte sein jugendliches Aussehen, wie mancher Vierziger nicht so rüstig sei, und wie dem Vetter Kirchmeier sicherlich nichts besser zusagen würde als heiraten, er würde einen lustigeren Hochzeiter abgeben als mancher Zwanzigjährige. Die hintere Figur kam kaum zum Sagen: sie müsse doch auch einmal kommen und sehen, was der Pate mache.

Gleich einer unbeliebigen Audienz konnte er die Basenschaft nicht vor der Tür abfertigen, er mußte sie hinein in die Stube führen, was er auch tat mit bittersüßem, grämlichem Gesichte.

Die Base war zwar kein Prachtkerl, jedoch ein prächtiges Redhaus, und begann mit dem ersten Schritte über die Schwelle auch die erste Zeile ihres Lobgesanges, welcher jedoch eine eigentümliche Gestaltung hatte und einen doppelten Charakter trug, jedenfalls jedoch hielt die Frau die Einheit des Zweckes bei. Hierin übertraf sie manchen Dramatiker von der neusten Sorte. Vor dem Hause rühmte sie des Vetters Bäume, Äcker, Felder; Lisabethli (eben die mitgeschleppte lange Stange) hätte bei jedem Schritte gesagt: »Nein doch, Mutter, o Mutter, sieh, was der Vetter doch für schöne Sachen hat, und wie er das alles verstehen muß – das muß einer sein, der Vetter, ein Geschickter und ein Weiser!« Als sie jenseits der Schwelle war, erging sie sich in unbestimmten Redensarten über die Schönheit des Hauses und dessen zweckmäßige Einrichtung, aber wer Geld habe, könne es machen, eben wie er wolle. Lisabethli habe schon manchmal gesagt, wenn es sich ihnen einmal wohl schicke, ein neu Haus zu bauen, so wolle es den Plan machen; wie es kommod sei und wohl stehe, wolle es so gut wissen als der ausgelernteste Zimmermann, der bei jedem Hause siebenmal anfangen müsse und doch nicht fertig werde. In der Mitte der Küche stand sie still und sagte: »O nein doch, Vetter, welche Küche, so schön groß und so schön hell, oh, wenn mein Lisabethli die unter die Hände kriegte, nein, wie müßte die bald aussehen! Die Ofentürli wären bald wie die hellsten Spiegel, daß man sich darin sehen könnte zur Verwunderung. Nein doch aber, und welches Geschirr, wenn das nur unter die rechten Hände käme, das wäre eine Pracht, Silber wäre nur ein Narr dagegen. E aber nein, Vetter«, sagte sie und hob die Augen gen Himmel, das heißt in den Rauchfang hinauf, »und wie Ihr eingeschlachtet haben müßt! Sieh doch, Lisabethli, zähle, wie manche Speckseite, acht, beim Tausend, vier Schweine und ein ganzes Rind, nein aber! Was meinst du, Lisabethli, wenn du die unter Händen gehabt hättest zum Mästen, was meinst, Mädchen, was meinst, was hätte das für Schweine gegeben, mit zwei wahrhaftig wäre man weitergekommen als mit diesen vieren. Denket, Vetter, o denket, was Lisabethli für Schweine gemästet hat, und doch fallen sie, wie Ihr wißt, wegen den bösen Erdäpfeln allenthalben so schlecht aus, und schlechtere hatten wir seit vielen Jahren nicht, und doch machten die zwei, welche wir für uns behielten, zusammen sieben Zentner und siebenunddreißig Pfund, und die zwei, welche wir verkauften, machten wenigstens einen Zentner mehr. Aber, Vetter, wenn man Zinse geben muß, so lernt es einem zur Sache sehen und dafür tun, daß man mit zwei Schweinen so weit kommt als andere Leute mit vier. Was hat eins von Euren gewogen, das schwerste doch kaum zweieinhalb Zentner? Groß wären die Speckseiten wohl, aber wenn der Mond recht Ernst hätte, ich glaube wahrhaftig, er möchte durch eine durch und durch scheinen. Das ist sich aber nicht zu wundern, Ihr selbst könnt mit dieser Sache nichts machen, und wenn man mit fremden Leuten fahren muß, so weiß man, wie es geht, ach Gott, und mein Lisabethli hat manchmal gesagt, wenn es an einem solchen Orte Schweine mästen könnte, wo man nicht alles abzuwägen braucht und der Ehre auch was zu rechnen vermag, da hätte es Freude, es wollte Schweine kriegen, schwerer, als die ärmeren Bauern Kühe hätten.«

»He, das ist schön und rar heutigen Tages«, sagte der Kirchmeier verdrießlich. »Aber wenn ich in deiner Stelle wär, setzte ich einstweilen mit den Schweinen etwas ab und probierte, wie das Mästen mir zuschlage, du hättest es nötig; nicht zusammengezählt jedoch, versteht sich. Leid ist es mir, daß ich euch nichts Warmes anbieten kann, einen Kaffee oder sonst noch was, es ist alles ausgeflogen heute; mit einem Schlucke Wein müßt ihr vorliebnehmen.«

»O Vetter, mit uns macht nicht Umstände, deretwegen sind wir nicht gekommen, o Vetter! Wein ist ja auch nicht nötig, obgleich er uns selten ist; es geht manchmal von einem Abendmahl zum andern, daß kein Aug voll über meine Zunge kömmt. Lisabethli täte er besonders wohl, wenn es zuweilen ein Glas voll hätte, es hätte auch ein ander Aussehen. Ja, ja, wir haben schon manchmal davon gesagt, wie ein Glas Wein gut wäre, aber es ist eine erschreckliche Sache, wenn man den Verstand hat, aber das Geld nicht. Ja, wenn es so an einem Orte sein könnte, wo es zuweilen ein Glas Wein hätte und einen Mund voll gutes Brot und ein Stücklein Fleisch, so wäre das mehr, als es begehrte, und dann würde es nicht daran denken, am Sonntag im Lande herumzulaufen und einen so alten Mann im Stich zu lassen, daß er nicht einmal einen Kaffee kann machen lassen, wenn er daran denkt. Nein, so wäre Lisabethli nicht, das ganze Jahr begehrt es nicht fort. Bei Kranken sonderbar ist es gut, mit Flattieren übertrifft ihns niemand. Es war mir schon manchmal, ich möchte ein ganzes Jahr lang krank sein, nur damit Lisabethli bei mir säße und mir flattierte. Vetter, Ihr glaubt gar nicht, wie es das kann, und wie es ihm noch wohl ansteht dazu. Aber was ich habe sagen wollen, Mareili ist noch nicht zurück und wird kaum wieder kommen?« »Mareili ist noch nicht zurück«, sagte der Alte, »es wäre früh. Was es im Sinne hat, weiß ich nicht, so Mädchen sind wunderlich, über Nacht ändert sich ihr Sinn.«

»Ja, ja, wunderlich, das ist wahr«, sagte die Base. »Aber was will man, wenn eins nicht die Natur hat dazu, sondern zu was anderm, so weiß es nicht, wie glücklich es an einem solchen Ort sein könnte.

Da ist mein Lisabethli doch ein ganz anderes, o mein Gott, das hätte grade die ebenrechte Natur und würde Euch nicht so alleine lassen und derweilen im Lande herumspazieren, daß Gott erbarm! Ihr müßt doch schlecht versorgt sein, lieber Vetter, und liederliches Zeug haben, so schlecht geschlachtet und am Sonntag niemand da, Euch aufzuwarten. Ja, die Welt ist schlecht, so was wäre doch zu meinen Zeiten nicht erlebt worden, und so was täte Lisabethli nie, um alles in der Welt nicht. Es weiß, was es heißt: ›Was hülfe es dem Menschen, wenn er die ganze Welt gewönne und litte Schaden an seiner Seele?‹ Ja, was ich habe sagen wollen, wenn Lisabethli Euch anständig wäre und Ihr es verlangtet, ich wollte es Euch da lassen, Euch zu Lieb und Ehre. Manchmal haben wir, ich und mein Christen, es zusammen gesagt: Lisabethli wäre eins für den Vetter Kirchmeier, und, wenn der wüßte, wie das eins wäre, er hätte keine Ruhe, bis ers hätte, und behülfe sich nicht lange Zeit durch so mit nichtswertem Zeug. Aber wir haben es auch gehabt wie andere Menschen; was wohl für einen ist, behält man lieber selbst. Lisabethli ist uns vor allem lieb und wert, und wenn wir es nicht mehr haben, so weiß ich nicht, wie wir es machen, aber dem Vetter zulieb könnten wir uns behelfen. Es ist auch darum, daß der Vetter wegen liederlichen Mägden nicht beredet werde.« »Was sagst du dazu, Mädchen?« fragte die Mutter, »willst beim Vetter bleiben? Es wird dich hart ankommen, aber du mußt denken, es wäre nicht immer, von der Welt seiest du nicht, wir seien auch noch da und nicht so weit weg. Du könntest gleich dableiben, brauchtest den Weg nicht zweimal zu machen, morgen oder übermorgen könnte man dir deine Sachen nachbringen. Der Vater wird zwar Augen machen, wenn ich alleine heimkomme, aber in Gottes Namen, er wird sich auch darein schicken müssen, wenn er sieht, daß nichts anderes zu machen ist. Weine nicht, Mädchen, der Vetter wird schon zu dir sehen und dir einmal daran denken, daß du seinetwegen Vater und Mutter verlassen hast. Nicht wahr, Vetter?«

Mit großer Teilnahme hatte der Kirchmeier der lieben Base zugehört und zuweilen leise links geblinzt, jetzt sagte er: »Großen, mächtigen Dank, Base, sollt Ihr haben, daß Ihr es so gut meint mit mir und so viel an mir tun wollt, aber helfen wollte ich, nicht zu sehr zu pressieren. Drei Weibsbilder haben in meiner Küche nicht Platz, ist sie doch manchmal für zwei zu eng. Ich möchte Lisabethli den Verdruß nicht gönnen, wenn es dabeisein müßte mit den andern.« Ja, sagte die Mutter, sie meine das auch nicht so, er müsse gleich das junge Mensch, welches hier sein solle, aber statt den Dienst zu machen in der Welt herumludere, fortjagen; neben dem zu sein, möchte sie allerdings keinem Hund gönnen, geschweige ihrem lieben Lisabethli.

Da habe sie ganz recht, vollkommen so sei es ihm auch, sagte der Alte. Darum eben hülfe er nicht pressieren, denn aus dem Jahre sende er nicht gerne Dienstboten, absonderlich wenn sie Pate zu ihm sagten, außer bei besonderen Anlässen, wo Ernst und Ausräumen nottäte. Gebe es einen solchen Anlaß, so wolle er alsbald Bescheid machen, unterdessen sollten sie grausam Dank haben, er wolle ihr Anerbieten als empfangen achten und es nicht vergessen. Der Mutter war das aber nicht recht, sie war darauf eingerichtet, Lisabethli da zu lassen, und Lisabethli selbst sagte endlich, dem Vetter zulieb wollte es sich leiden zu dreien in der Küche und sehen, wie es ginge, und wenn der Vetter ihm zur Seite stünde und den andern befehlen täte, daß sie ihm zu gehorchen hätten, so glaube es, es ginge.

»Nein«, sagte der Kirchmeier, »das darf ich dir doch wahrhaftig nicht zumuten, und wenn deine Liebe noch so groß wäre. Sie freut mich allweg und verdient, daß ich dir auch ein Zeichen tue.« Der Vetter stand auf, ging ins Stübchen (welchen Augenblick Mutter und Tochter zu raschem Winken und Flüstern benutzten), kam mit einigen Talern zurück, welche er dem lieben Lisabethli in die Hand drückte.

Mutter und Tochter bestürmten den Vetter aufs neue mit Liebe und Anerbieten, aber der Alte blieb fest und lenkte jeden Sturm freundlich und gelassen ab, wobei die Alte sichtbar saurer und giftiger, die Tochter bleicher und weinerlicher wurde. Da nichts half, so beeilten sie sich mit dem Aufbruch, trotzdem daß der Vetter sagte, sie sollten nicht pressieren, überdem sei Mondschein. Sie hatten guten Grund zur Eile, denn die Mutter gehörte zu den schnellkräftigen Geistern, welche, wenn sie einmal einen Plan entworfen und seine Ausführung begonnen haben, nicht erschrecken, wenn es auf eine Weise nicht geht, sondern alsbald eine andere Weise erdacht haben und rasch es auf diese probieren.

Kaum war sie dem Vetter aus den Augen, so suchte sie eine weibliche Bekanntschaft in der Nähe auf und erkundigte sich, wo Bäbeli wohl anzutreffen sein möchte. Zufälligerweise konnte diese die gewünschte Auskunft geben, und alsbald segelte die Mutter, gleichsam ein Linienschiff mit geblähten Segeln, dem bezeichneten Orte zu, die Tochter als schmächtige Fregatte hintendrein.

Bäbeli war einem Bade zugegangen, wo selben Tages getanzt wurde, und tanzte nun frisch und lebensfroh mit Leib und Seele. Alsbald hatte es die unternehmende Alte ausgekundschaftet und wußte es unter einem Vorwande abseits zu locken, ließ eine Flasche Wein kommen, schenkte ihm ein, machte Gesundheit, dann ein wichtig Gesicht, seufzte und sprach: sie möchte ihm was sagen, aber es solle nicht böse werden, sie vermöchte sich dessen nichts. Aber sie müsse es ihm sagen, nur damit es wisse, wie schlechte Leute es gebe, junge Mädchen wüßten das nie zu frühe. »Weißt, woher ich komme?« »Nein«, sagte Bäbeli, »wie wollte ich das wissen?«

»Aus dem Nidleboden komme ich, und denk, warum? Der Alte dort hat mir Bescheid machen lassen, wenn ich eine Tochter hätte, welche ihm die Haushaltung machen könnte und wollte, so sollte ich sie ihm heute bringen, er sei gar übel versorget, könne nicht mehr so sein. Am liebsten hätte er jemand aus der Verwandtschaft und besonders aus unserm Hause, von wegen er wisse, wie berühmt wir seien wegem Arbeiten und Haushalten. Wir wußten nicht, wie die Sachen sich verhielten, dachten, auf einen Gang komme es nicht an, zudem ist er Lisabethlis Pate, und anständig sei es allweg, wenn Lisabethli sich ihm einmal zeige. Nun hätte der Alte schrecklich gejammert, wie er mit dir übel versorget sei, du an nichts dächtest als an Buben und Lustbarkeit, und mit aller Gewalt wollte er Lisabethli behalten, sonderbar wohl gefiel es ihm; du könntest schon morgen gehen, hat er gesagt, er habe apart keine Abrede oder Akkord mit dir. Wie du hergelaufen seiest, könnest du auch wieder fortlaufen. Aber so wüst wie der Alte sind wir denn doch nicht, und wenn er es dir so macht, wie kann er es Lisabethli machen! Versündigen wollen wir uns also nicht, wollen dich nicht vertreiben. Wenn es sein muß später, so kann Lisabethli nicht wohl anders, von wegen er ist der Vetter und der Pate noch dazu. Aber allweg wollten wir es dir zuerst sagen, du kannst dann machen, was du willst, und weißt allweg, wie der Alte es mit dir meint, und was du für Dank hast für deine Mühe und Arbeit. Aber wenn ich dich wäre, keine Stunde bliebe ich länger, der müßte mir nicht aufsagen oder gar mich fortschicken; dem wollte ich es zeigen, daß ein Mädchen wie du noch an einem andern Orte sein kann als so bei einem alten Schelm, verzeih mir Gott meine Sünde! Ich bin alt und habe viel erlebt, aber das muß ich sagen, daß es ein Pate einem Patenkind so wüst gemacht, das ist mir nicht zu Ohren gekommen. Das wollte ich dir sagen, du armes Tröpfli, dieweil du mich sehr erbarmtest, damit du weißt, woran du bist. Mach jetzt, was du willst, aber dem Alten sage nicht, daß du uns gesehen hast, und was ich dir gesagt! Dir hülfe es nichts, uns würde er verfolgen und am Ende alles ableugnen, uns zu Lügnern machen wollen, denn beweisen könnten wir nichts; das wäre ein schlechter Dank für unser Gutmeinen mit dir.«

So sprach die Base, so sprach sie, daß wir zweifeln, ob ein russischer Diplomat oder ein propagandistischer Emissär es besser gekonnt hätten. Darauf wanderte sie weiter, und hintendrein segelte die Tochter.

Bäbeli hatte zu all diesen Eröffnungen wenig gesagt, einige dicke Tränen waren aus den Augen gerollt, die blassen Wangen herab, und waren auf den Tisch gefallen. Es war ihm gewesen, als rolle ein schwerer Stein ihm auf das Herz, oder als packe es eine gewaltige Faust, mit Mühe ging der Atem aus und ein. Als die Alte davongesegelt war mit dem edlen Bewußtsein in der Brust, einen kühnen Streich tapfer und staatsmäßig ausgeführt zu haben, machte Bäbeli sich auch fort; alle Freude war versunken, der Mut zum Tanze dahin. Seine Augen waren ihm dunkel geworden, seine Gedanken wirbelten formlos durcheinander, den Weg sah es nicht, es fand ihn bloß aus Instinkt. Wer an ihm vorüberging, bemerkte es nicht, es mußte vor sich hinsagen und immer wieder sagen: »So schlecht, nein, so schlecht hätte ich keinen Menschen geglaubt, und jetzt noch der Vetter, der Pate, der Pate selber, so falsch und so nichtsnutz!«

Es ist wohl keine Stunde bitterer im Leben als die, in welcher der Glaube an die Menschheit bankerott werden will, in welcher einem kindlichen Gemüte die, auf welche es sein kindlich Vertrauen gesetzt, zum ersten Male in ihrer nackten, schnöden, greulichsten Selbstsüchtigkeit erscheinen. Da wird es ihm, als ob über ihm schwarz der Himmel würde, das öde Nichts die Sterne verschlinge, unter seinen Füßen das Feuer der Hölle brenne, seine Flammen schlage ans Herz herauf.

Als Bäbeli in seinem stürmischen Lauf an den Waldsaum kam, an welchen der Baumgarten stieß, von wo man durch die Bäume das Haus sah, da war es ihm, als haue man ihm mitten durchs Herz; die Beine trugen es nicht mehr, es mußte sich setzen und weinte bitterlich, weinte, als seien die Brunnen der Tiefe aufgebrochen, als wollten die Wellen der Sündflut zusammenschlagen über dem Haupte. Als sie höher und höher schwollen, bereits über Bäbelis Sinne hinauf, klopfte ihm jemand auf die Achsel. In plötzlichem Schreck zuckte es empor, und hinter ihm stund, das Wasserschäufelchen auf der Achsel, der Pate. Bäbeli hätte keinen wehlicheren Schrei ausstoßen, die Arme nicht erschrockener vor sich hinstrecken können, wenn der leibhafte Satanas vor ihm gestanden wäre. »Meinst etwa, ich sei er, daß du erschrickst ob mir, als ob ich Schwanz und Hörner hätte?« frug der Alte. »Aber, Mädchen, was hast, daß du so weinst? Hat dir jemand was getan, oder hast du was verloren?« »N-e-ei, nei«, schluchzte endlich Bäbeli heraus. »Was hast dann, daß du da jammerst und nichts mehr siehst und nichts mehr hörst?« fragte der Alte ordentlich bekümmert. »Ich will fort, will fort, noch heute abend fort!« schluchzte das Mädchen herauf. »Mädchen, bist du unklug oder hast was Böses gemacht, gestohlen oder vielleicht noch was Ärgeres?« frug der Kirchmeier ernst. »Mädchen, gib ordentlich Bescheid, da wird wohl noch zu raten oder zu helfen sein.« »Nein, selb nicht«, sagte das Mädchen, während der Jammer in Zorn überging. Es wäre wohl gut, es hätte niemand was Schlechteres gemacht, denn was es getan, brauche es nicht zu verbergen vor Gott und Menschen. »Gut so«, sagte der Vetter, »so gib Bescheid, ich wills; was hast, warum willst du fort?« »Das braucht Ihr nicht zu fragen, das werdet Ihr ja selbst am besten wissen«, antwortete Bäbeli und brach in neues Schluchzen aus. »Dummheiten das!« entgegnete der Kirchmeier, ärgerlich werdend, »wenn ich es wüßte, früge ich nicht, und wie wollte ich daheim wissen, was dir diesen Nachmittag zugestoßen oder in den Kopf gefahren? Red, dann geh heim, es ist Zeit zum Kochen, und gemolken wird auch sein.« Das gehe ihns nichts mehr an, schluchze Bäbeli, es könnte es doch nicht recht machen, darum wolle es gehen. Selber gehen sei besser als sich fortschicken lassen. »Wer redet von Fortschicken, du dummes Mädchen, wer sagt dir, daß ich nicht zufrieden bin? Wer hat dir das in Kopf gesetzt und dich aufgewiesen?« frug der Alte, der begriff, daß da wieder Sündeneier seien, aber nicht wußte, wer sie gelegt.

»Niemand hat mich aufgewiesen«, klagte Bäbeli, »niemand! Aber wenn so ein arm Waischen, das keinen Menschen hat auf dem ganzen Erdboden, vernimmt, daß der einzige, von dem es glaubte, es sei ihm nicht unwert, falsch an ihm ist und hinter dem Rücken es ausmacht und verdächtigt, so ist es kein Wunder, wenn das ihm das Herz abdrücken will.«

»Bist du verrückt, oder wer hat dir so was vorgelogen?« fragte der Alte streng. »Oh, das braucht mir niemand zu sagen, daß das falsch ist, wenn man freundlich tut, einem einen Taler gibt als Zeichen der Zufriedenheit, daß mir fast das Herz zerspringt vor Freude, daß Ihr einmal zufrieden seiet, und das nur darum ist, um hinter dem Rücken Leute kommen zu lassen, welche man nicht merken soll, und diesen dann mich darzustellen als ein schlecht Mensch, welches in keinen Schuh gut ist.« »Meitschi, wer hat dir so was gesagt?« frug der Alte hart. »Daß so was falsch sei, das braucht mir niemand zu sagen, das hat schon der Pfarrer gesagt, welcher mich unterwies, und falsch ist falsch!« sagte Bäbeli zornig. Da wurde der Alte wirklich auch zornig und sagte: »Red die Wahrheit, was hat dir die Grauechbäurin, denn mit dieser warest du zusammen, von mir gesagt?« Bäbeli, an Gehorsam gewöhnt, aber auch ehrlich, war zwischen zwei Heuhaufen und stotterte endlich: »Ich darf es Euch nicht sagen, sie hat es mir verboten.« »Willst oder willst nicht?« frug der Alte mit Augen wie zwei Spieße und trieb sein Wasserschäufelchen in die Erde, daß diese zu zittern schien. »Nun, wenns sein muß, so will ich es sagen«, sagte Bäbeli. »Aus Erbarmen hat sie mir gesagt, wie Ihr sie beschieden mit ihrer Tochter, um diese an meinen Platz zu setzen, weil ich eine schlechte Person sei und nur Buben und der

Lustbarkeit nachlaufe. Das wißt Ihr doch wohl, daß das nicht ist, und wer mich heute fortgeschickt hat; das hat mir so weh getan und will mir fast das Herz zerreißen«, und das Mädchen weinte laut auf.

»Jaso«, sagte der Alte zornig, »ist das so! Können denn die Hagle mich nicht ruhig lassen in meinem Hause, solange ich lebe? Wohl, denen will ich das Einmischen vertreiben und es ihnen verleiden in alle Ewigkeit! Du aber, Mädchen, schäme dich bis in das Herz hinein! Heute sahest du die alte Hexe zum erstenmal, mich kennst du seit Jahren, und mit ein paar Worten streicht die alles Vertrauen, alle Liebe zu mir aus deinem Herzen, und du siehst mich für einen alten Unflat an. Ist das recht von dir und etwa schön? Ein schlecht Mädchen bist du nicht, aber ein einfältiges, und aus einem einfältigen gibt es nur zu leicht ein schlechtes. Wer es gut mit ihm meint, den begreift es nicht, wer es aber böse meint, der weiß sich begreiflich zu machen, als ein Prophet im Schafskleide, während er ein reißender Wolf ist. Nun freilich kennst du Welt und Leute nicht, nimmst für bar Geld, was dir jedes Babi sagt, darum verzeih ich dir. Aber den Vorfall laß dir zur Warnung dienen, höre nicht auf bloße Worte, sieh die Werke und prüfe sie und vergiß nicht, wie es heißt, daß man wohl ohne Falsch sein solle wie eine Taube, aber auch klug wie eine Schlange! Übrigens laß dir auch nie zu Kopfe steigen, daß ich dich fürchte und hinter deinem Rücken machen müsse, was ich machen will! Schlechtes, was ich verbergen müßte, will ich nicht, und solange ich lebe, bin ich Meister im Hause und dulde darin keinen zweiten, den ich fürchten müßte. Jetz mach, daß du heimkömmst und gekochet sei, wenn ich nachkomme!«

Bäbeli ging es vor dem zornigen Vetter fast wie Lots Weib, als es in Sodoms zornige Flammen sah; mit offenen Augen glotzte es den Paten an, und als ihm endlich die Sprache wieder kam, konnte es lange nichts sagen als: »Aber nein, aber nein, ists möglich, können so schlecht die Menschen sein, so lügen, so falsch sein!« »Du dummes Bäbi!« sagte der Alte. »Erst glaubst du aufs erste Wort, daß dein Pate, welcher dir nichts als Gutes erwiesen hat, ein alter verdrehter Schelm sei, als volle Wahrheit nimmst du die Verleumdung an; aber daß die alte Hexe, welche du vorher nie gesehen hast, lügen könne, verleumden solle, das kömmt dir fremd vor, da sperrst du Maul und Nase auf, daß man mit Sonne, Mond und Sternen hineinkönnte. Willst du dich wundern, so wundere dich über dich selbst, und wie die Menschen so verkehrt und töricht sein können, den Bösen lieber zu glauben und das Zutrauen zu denen, welche sich mit Wort und Tat bewährt, durch die leiseste Verleumdung eines wildfremden oder als schlecht bekannten Menschen sich rauben zu lassen. Doch du bist nicht der einzige Kranke in diesem Spital. Gehe jetzt, mache deine Geschäfte, und diesen Tag vergiß nicht!«

Da der Vetter nichts mehr hören wollte, so mußte Bäbeli gehn, aber es ging mit zerknirschtem Herzen, und es konnte wirklich nicht begreifen, wie es so leichtlich sich habe betören lassen können.

Der alte Kirchmeier hatte lange, bis er seinen Zorn verarbeitet hatte. Zorn über die dumme Schlange von Base, welche den Verdruß ihm angezettelt, Zorn über die kindische Leichtgläubigkeit, welche so unendlich viel Böses anrichtet, welche die Handhabe ist, an welcher die Verführer, kommen sie in Gestalt, in welcher sie wollen, die Menschen fassen. Er tröstete sich endlich damit, daß, wenn Gott eine solche liederliche Leichtgläubigkeit sich müsse gefallen lassen, ein Mensch dieselbe wohl auch werde ertragen müssen. Solange er zornig war, so lange wässerte er, sintemalen er sich vor den Menschen ebensowenig gerne zornig zeigte als ungewaschen.

Später als die andern kam er zum Abendessen. Breiweich und mit verweinten Augen bediente ihn Bäbeli und wäre für sein Leben gerne auf die Geschichte zurückgekommen. Wie bekanntlich, sieht das weibliche Geschlecht jede Geschichte für eine Mulde voll Teig an, welchen eine geschickte Kneterin so lange zu bearbeiten hat, bis das kleinste Knöllchen verarbeitet ist, also keine Geschichte für abgetan, ehe sie siebenmal von vornen nach hinten und wiederum siebenmal von hinten nach vornen durch und durch gesprochen ist.

Aber gerade nicht so hatte es der Kirchmeier. Derselbe machte Unannehmlichkeiten, soviel es sich tun ließ, bei sich selbsten aus, und was er so bei sich abgemacht hatte, wärmte er andern nicht auf. Er redete freundlich mit Bäbeli, besprach mit ihm die Arbeit der kommenden Woche; bloß mit größerem Fleiße und innigerer Freundlichkeit konnte es seine Reue zeigen, wie es übrigens auch am besten ist.

Wie jeder Tag auf Erden zu Ende geht, so auch jedes Leben auf Erden. Der alte Kirchmeier begann zu kränkeln, und zwar gerade an der schlimmsten aller Krankheiten. Es fehlte ihm nicht hier, nicht dort, er hatte nicht Fieber, nicht Verstopfungen, aber er fiel aus den Kleidern, verminderte sein Essen, kürzte seine Gänge und unterließ sie endlich ganz. Er täuschte sich nicht über seinen Zustand, er wußte, er war unheilbar; er wußte, er litt am Alter, welches trotz aller Menschen Macht und Beten jeden Tag um einen Tag zunimmt, bis die zugezählten Tage zu Ende sind. Begreiflich fiel dieses Abnehmen alsbald auf, und die Kunde davon lief rasch wie Feuerlärm durchs Land. Die ganze Basenschaft hatte es mit dem reichen Vetter, wie die ehrsame Bauersame bei trocknem Wetter es mit dem Himmel hat. Wie die Bauern, wenn eben sonst nicht himmelssüchtig, in trocknen Zeiten unverwandt ihre Augen gen Himmel richten, das Wetter zu erkunden, ob nicht Wolken sichtbar würden, ob es nicht regnen wolle, die geringste Veränderung wahrnehmen, als ein günstig Regenzeichen sie deuten, so hatte es eben die gierige Basenschaft mit dem alten Kirchmeier. Sie hatte lange gespäht in seinem Gesichte nach einem Zeichen des nahenden Todes und umsonst, und jetzt, als die Runzeln sich mehrten im Gesichte, die Beine die Schritte kürzten, so lang und weit am Rücken die Kutte hing, da gingen die Hallelujas an, doch begreiflich nur im stillen und im Herzen; äußerlich trat eine schreckliche Teilnahme zutage, und ein jämmerlich Wehklagen begann. Im Nidleboden ward es lebendig, noch ganz anders als sonst: wie geschneit kamen sie gelaufen und gefahren, und alle mit Gesichtern traurig angestrichen, mit Mäulern voll Teilnahme und Schrecken und glänzenden Augen, welche emsig die Runzeln zählten und maßen, um zu wissen, wie sie gewachsen, wie sie sich gemehret. Alle hatten sie, wie sie dem Kirchmeier es selbsten sagten, vernommen, er schlechte sehr, nehme alle Tage ab, würde nicht mehr lange herumlaufen; es werde dem lieben Vetter gehen, wie es im Sprichwort heiße: Was der März nicht will, das nimmt der April! Er könne nicht glauben, wie das sie gemüht und gedauert, sie und die ganze Familie hätten geweint, es hätte sie dünkt, sie sollten ganz zu Wasser werden, und da hätten sie gedacht, sie müßten doch selbst kommen und sehen, wie es dem Vetter gehe.

Hier schieden sich die Besuchenden nach dem Grade ihrer Bildung in zwei große Hauptklassen. Die erste, die gebildetere Klasse, drückte sich ungefähr so aus: das gehe nicht halb so übel, als sie gedacht, sie hätten sich den lieben Vetter viel kränker vorgestellt, er sehe recht ordentlich aus; wenn der Frühling komme und die Sonne, so werde das schon besser werden, sie hätten die Hoffnung, er lebe noch viele, viele Jahre.

Die andere Klasse dagegen schlug die Hände mehr oder weniger hoch über dem Kopfe zusammen und jammerte ungefähr also, wozu auch mehr oder weniger Wasser in die Augen gepumpt wurde: »Du gütiger Gott, Vetter, wie seht Ihr aus, nein, so hätte ich mir die Sache doch nicht vorgestellt, akkurat, als wenn Ihr schon in der

Erde gewesen wäret. Schon manchen habe ich gesehen, der nicht ein halb so bös Aussehen hatte, und nicht eine Woche gings, so war er tot. Du mein Gott, wie doch ein Mensch sich ändern kann in so kurzer Zeit! Wann wars, als ich Euch zum letztenmal sah? Am Herbstlangnaumarkt wird es gewesen sein. Damals sahet Ihr noch so rüstig aus, mancher Funfziger nicht besser. Und jetzt, du mein Gott! Da sieht man, was der Mensch ist! ›Heute rot, morgen tot‹, heißts im Sprichwort. Ach ja, so ist der Mensch, über Nacht wird die Seele von ihm gefordert, und wes wird dann sein, was er bereitet hat? Ach ja, so wird es sein! Wer weise ist, denket daran, und ehe er da ist, der letzte Tag, wo man ihm die Seele aus dem Leibe nimmt! Ja, ja, es ist schon mancher reuig gewesen, daß er nicht daran gedacht zur rechten Zeit. Wo er nicht mehr hat reden können, da mußten endlich die Schreiber kommen, aber, wie er sich gemüht hat, kein Wort konnte er machen. Es habe deren gegeben, welche ihre Zunge einen halben Fuß lang zum Munde ausstreckten, aber keinen Gux konnten sie machen. Ja, Vetter, das muß ein schrecklicher Anblick sein. Ja man sagt, aber man spricht nicht gerne davon, daß solche, welche nicht von dem Herzen getan, was darauf lag, nicht alles an den rechten Ort getan, wo es von Rechtes wegen hingehört, und alles zurechtgelegt, wie es liegen soll, keine Ruhe hatten im Grabe, sondern wiederkommen mußten mit Seufzen und Stöhnen und die Leute plagen, bis endlich alles an den rechten Ort gekommen; das gehe manchmal lang, länger als die Ewigkeit. »Eigentlich glaube ich an solche Reden nicht«, ward beigefügt; »dem sagt man Aberglauben, und wenn es wäre, dem Vetter wird es nicht so gehen, er ist weiser als so, hat allen Menschen zu raten wissen und wird sich selbst wohl auch raten können, obschon man sagt, daß es gerade diesen an Rat für sich oft am meisten fehle. Aber man spricht von solchen Dingen einmal, selb wird wohl erlaubt sein, allweg schadet es nicht, es wird heutzutage manch Schlechteres geredet, nicht wahr, Vetter? Und wenn man noch mehr von solchen Dingen hörte, es ginge minder ungerecht zu in der Welt, und manche Seele weniger führe dem Teufel zu. Gott verzeih mir meine Sünd!«

Solche Gespräche umrauschten den armen Vetter täglich, und dazu brachte man ihm Kram von allen Sorten: Wein, Braten, Lebkuchen, weißes Brot, Züpfen, Pasteten, kurz, was man auftreiben konnte, oder was Verstand und Unverstand jedem eingab. Von jedem sollte der liebe Vetter essen, und von jedem behauptete der Geber, es werde ihm sonderbar wohl bekommen.

Nun kam zumeist ein Punkt, in welchem der Unterschied zwischen beiden Klassen nicht merklich war. Man fragte nach seiner Krankheit, dem Gang derselben, nach dem Arzte, welchen er brauche, schüttelte schließlich bedenklich den Kopf und sagte ungefähr: »Vor zwanzig Jahren habe ich akkurat die gleiche Krankheit gehabt, kein Mensch hat geglaubt, daß ich davonkomme, und doch lebe ich noch, und es dünkte mich, nie wohler. Aber was habe ich gemacht? Da ward mir gut geraten!« Nun führte der oder die eine alte Frau an, welche zu einem merkwürdigen Mittel geraten, oder einen entfernten Arzt, gewöhnlich einen Quacksalber, welcher geholfen; oder wenn man alleine war oder sonst recht offenherzig sich geschwatzt hatte, so redete man wohl von sympathetischen Mitteln oder von den Kapuzinern, welche gerade zu Heilung dieser Krankheit besonders berühmt seien. Wäre der liebe Vetter von Anfang recht behandelt worden, er wäre sicher längst gesund, aber auf seinem Arzte hätten wenige Leute viel, und hauptsächlich für diese Krankheit könne er nichts; wen er nur ansehe, müsse sterben, sei es nicht gleich, so sei es doch später. Wenn aber der liebe Vetter es begehre, so wolle man von Herzen gerne Zeit anwenden und für ihn laufen zu der alten Frau, dem Quacksalber, den Kapuzinern und von dem Zeug ihm holen; sie wollten wetten, sobald er davon nehme, bessere es ihm. Vetter Kirchmeier sagte auch allemal ernsthaft: er glaubs, aber einstweilen wolle er ihnen nicht Mühe machen, wenn es schlimmer würde, wolle er sehen. Er redete aber nicht ohne Wahrheit so, denn wenn eines Tages drei Vettern und drei Basen jedes besonderen Zeug und einen besondern Doktor ihm zugeschickt hätten, so mußte es ihm bessern, die Krankheit weichen, sich wandeln in süße Todesruhe.

Dann machten ihn die Vettern fast wirbelsinnig mit Anerbieten von Dienstleistungen aller Art, wobei es der Gewandtheit des Kirchmeiers bedurfte, um denselben zu entrinnen. Ein Vetter wollte alles liegenlassen, zu ihm ziehen, um auf dem Lande zu befehlen und zu sagen, was und wie es gehen müsse. Ein anderer wollte ihm Pferde verkaufen und andere kaufen, wenn er das jetzt nicht mache, so gingen ihm viele Louisdors dahin. Ein dritter, ein Notar, bot sich an zum Verwalter seines Zinsbuches und setzte ganz besonders an;

denn das sei von Wichtigkeit, sagte er, daß man immer dazu sehe, damit keine Termine versäumt würden. Wie leicht sei ein Kapital verloren, er könnte darüber Beispiele von Exempeln erzählen, sagte er mit einem sehr wichtigen Notariatsgesicht. Der gute Notar dachte nicht daran, daß der alte Kirchmeier dieses Ding verstand, ehe der Notar aus den Windeln gekrochen war, und daß man auch Beispiele von Exempeln hat, wie unter den selbsteigenen Händen eines Notars nicht bloß Kapitale, sondern ganze Vermögen verschwunden sind.

Mehr aber noch plagten ihn die Basen, diese machten ihn fast selig vor der Zeit, kamen ihm fast vor wie Wanzen, welche immer wieder da sind, wie gute Mittel gegen sie man gebraucht zu haben glaubt.

Eine tadelte, daß er nicht die nötige Abwartung hätte, sein Bett sei gemacht, man streue einem Schweine sorgfältiger, und zu trinken biete ihm ja kein Mensch was an oder frage sonst, was er begehre. Wo sie dabei sei, da gehe es anders. Vor allem aus bette sie, daß es die Kranken dünke, sie möchten nicht mehr aufstehen; alle halbe Stunde müßten sie ihr trinken, und zwischenein wehre sie die Fliegen, daß keine einzige absitzen könne. Es wisse kein Mensch, wie viele unter ihren Händen gestorben seien, aber alle hätten ihr gedankt und gesagt, es dünke sie, dsHalb leichter sei das Sterben, wenn sie dabei sei.

Eine zweite jammerte, wie schlecht er zu essen habe, seine Magd koche, der gröbste Metzgerhund müßte Bauchweh kriegen, geschweige so ein alter, schwacher Mensch. Herrenköchin sei sie zwar keine, aber sie habe schon in vornehmen Häusern gekocht, und man habe sagen müssen, so gut habe man nie gegessen. Dann wisse sie aber auch, was man so für einen Kranken machen müsse, von wegen es sei nicht alles gut für einen kranken Mensch; es gebe Speisen, mit denen man einen auf der Stelle töten könne, es sei kommod, wenn man das wisse. Daß sie das kenne, wisse man, und wenn rings um sie ein kranker Mensch sei, so müsse sie herbei. Da mache sie dann, je nachdem was bei der Hand sei, Pfannkuchen, Schafvoressen, gebackene Leber oder gebackene Kalbsfüße. Das bekomme Kranken sonderbar wohl. Sie wisse schon, daß Leute wie tot dagelegen seien, kein Glied gerührt hätten, daß sie gleichsam wieder lebendig geworden, wenn sie die Kalbsfüße gebracht, sobald der Geruch davon ihnen in die Nase gekommen sei.

Eine dritte sprach mit gepreßtem Herzen von Beispielen, wie es in Häusern gehe, wenn der Hausherr sterbe und niemand da sei, zu wachen und die Aufsicht zu führen; sie würden von den Dienstboten, und wer sonst dazukommen könne, geplündert wie Bienenstöcke von den Mäusen, daß, wenn man dazukomme und zum Schaden sehe, man nichts finde als einige alte Strümpfe und stumpfe Besen. Wie schade das doch wäre, wenn es hier auch so ginge mit den vielen und schönen Sachen; das ginge doch viel zu übel, wenn die in unrechte Hände kämen und nicht dahin, wo der Vetter es begehre. Nit, daß sie dem Vetter nicht das Leben gönne von ganzem Herzen, aber, wenn sie es ihm schon gönne, man wisse ja, daß es Gottes Wille sei, daß der Mensch sterbe. Und wenn er es begehre, so wolle sie zu Hause alles im Stich lassen und dableiben; der Vetter könne ihr unbesorgt die Schlüssel anvertrauen, kein Stäubchen solle ihm wegkommen ohne seinen Willen, sie würde sich doch schämen!

Dieser Kummer, es möchte hier gehen wie in einem Bienenstock, schien übrigens auf der ganzen Verwandtschaft zu lasten. Mit neugierigen Augen schlichen sie durchs Haus, musterten alles wohl, öffneten wie im Vorbeigehen alle Behälter, welche nicht verschlossen waren, sahen sich darin wohl um, und ward eins geöffnet, welches sonst verschlossen war, so zog die anwesende Verwandtschaft, einem Kometenschweife ähnlich, hintendrein, hielt Inspektion und äußerte an entlegenen Orten, wo man des Vetters Ohren nicht zu fürchten hatte, ganz unverhohlen Verdacht gegen des Hauses Bewohner. Bäbeli bekam da Dinge zu hören, welche ihm das Wasser in die Augen trieben, welche es aus dem Hause getrieben hätten, wenn es nicht daran gedacht hätte, daß es auf den Paten zu sehen und zu hören hätte und auf niemand anders. Auch sagte es ihm nichts von all dem Gerede; es wollte den Ärger und die Not des armen Vetters nicht vermehren, welchen derselbe mit der lieben Verwandtschaft hatte. Denn war er endlich der willfährigen Mütter mit guten Worten losgeworden, so rückten diese mit den Töchtern ins Feld, mit welchen der Vetter noch viel besser versorgt wäre. Die eine hatte ein Kätheli, die andere ein Stüdeli, die dritte ein Mädeli, und alle waren Ausbünde nicht bloß, sondern halbe Engel, nur noch ohne Flügel. Sie wüßten es eigentlich nicht, wie machen, wenn sie fort seien, indessen wenn jemand einmal fort sei, so gehe es endlich auch. Eben das sei das Kommodste, daß unser Herrgott die Welt nicht an einen Menschen gehängt und keiner sei, ohne den man es am Ende nicht machen könnte. Bei solchen Anlässen verfehlten einige Mütter nicht, noch etwas weiterzugehen und dem mütterlichen Herzen Luft zu machen. Sie rühmten einen Vetter sehr, strichen heraus, wie er einer sei, Käthi oder Stüdi und er hingen von Jugend auf aneinander wie zwei Kletten, aber bis dahin habe es leider nichts daraus geben können. Von beiden Seiten vermochte man einstweilen nicht viel zu entbehren, aber wenn die einen Anfang hätten, wie leicht, das würde zwei geben, denen man ihresgleichen nicht fände auf Erden. »Ja, an diesen zweien wäre ein Gotteslohn zu verdienen; wer es doch sinnen könnte!« seufzte die Mutter und wischte sich die Augen aus.

Gegen solche Mutterliebe zu kämpfen, war dem Vetter Kirchmeier schon anfangs schwer, denn Mutterliebe ist so schön, und mütterliche Pläne sind so verzeihlich, daß einem das Herz unwillkürlich weich wird, und wem es nicht weich wird, der scheut sich doch, die heilige Flamme der Liebe mit kaltem Wasser zu begießen. Darum sagte der Alte gewöhnlich, es werde ihm schier wunderlich, er müsse gehen und sich ein wenig hinlegen. Vielleicht, daß dann der Schlaf komme, da solle sie ihm doch recht nicht zürnen, wenn er nicht wiederkomme. Der Doktor habe gesagt, Schlaf sei die Hauptsache, und schlafe er einmal, so solle man ihn bei Leben und Sterben nicht wecken. Darum wolle er sie nicht aufhalten, danke für alles Gute und werde daran sinnen; auch die Anerbieten vergesse er nicht und werde Bescheid machen, sobald er davon Gebrauch machen könne. War er aber besser aufgelegt, so flackerte die alte Schalkheit wohl wieder auf, und er erwiderte: es täte ihm leid, daß sie zu spät gekommen, aber gestern sei die oder die Base dagewesen, die meine es absonderlich gut und sei fast über den andern Tag da, um zu sehen, wie weit es mit ihm sei. Diese habe einen Ausbund von Tochter, wie sie sage, und er habe ihr versprochen, ihr Bescheid zu machen, wenn er sie nötig hätte. Vielleicht, daß dann der Base Bruderssohn auch mitkomme, für auf dem Lande zu regieren, das solle auch ein Ausbund sein, das Land auf und ab keiner so. Er hätte so schier merken können, daß das am Ende eine Heirat abgeben könne. Nun, darwider wolle er nicht sein; wenn zwei einander wollten, so müsse man sie machen lassen.

Was das dann für ein Blähen und Zischen gab, akkurat, als ob man einer Klapperschlange auf den Schwanz getreten wäre! Ganz langsam fing die erboste Base an mit einigen Seufzern und Püffen; aber mit jedem Atemzug ward das Feuer lebendiger, prasselte heftiger, donnerte am Ende wie ein Dutzend Batterien Vierundzwanzigpfünder, daß an der erwähnten Base ihrer Tochter, ihres Bruders Sohn längst kein guter Fetzen mehr war, und das Feuer prasselte fort, wie es geschieht, wenn der Eifer einen Kommandanten so blind macht, daß er noch immer schießen läßt, wenn längst die Feinde alle niedergewettert sind.

Nachgerade aber ward dem Alten der Zudrang und das Gerede äußerst peinlich, er sehnte sich nach Ruhe. »Hört, Doktor!« sagte er einmal zu seinem Arzte; »daß man einen armen König nicht ruhig sterben läßt, sondern mit Höfeln und Hofieren ihn quält bis an sein, so Gott will, seliges Ende, dünkt mich nichts anders, und eine so große Plage wird es für ihn auch nicht sein. Hat der arme Teufel doch keine Ruhe gehabt lebenslang, hat nie gewußt, wie wohl und behaglich man es sich auf der Welt könne sein lassen. Aber ein anderes, Doktor, ist es mit dem Bauer im Nidleboden, der sollte doch, dünkt mich, an ein ruhig Sterben Anspruch haben. Während seinem Leben hat er sich an die Ruhe gewöhnt, ein ruhig Gewissen gesucht und jede Sache zu rechter Zeit getan, solange er es vermocht. Jetzt, dünkt mich, solle man mich auch das letzte Werk, das Sterben, in Ruhe vollbringen lassen. Es wäre doch wohl eine strenge Sache nicht Ruhe zu haben zum Sterben, absonderlich für einen Bauer, der Leib und Seele im trocknen hat und niemand mehr was nachzufragen als Gott. Nun, Doktor, was fange ich an, um zum ruhigen Sterben zu kommen? Dazu könnt Ihr mir helfen mit Euerm Rat; daß Ihr mir nicht vom Tode helft mit Euerm Zeug, das wisset Ihr und ich. Wie halte ich mit Manier die Verwandten ab, die mir ärger zusetzen als Flöhe einem Pudelhunde?«

»Das Gestürm war mir schon lange zuwider«, sagte der Arzt, »aber sagen durfte ich nichts, aus Furcht, es gehe übel. Nichts ist leichter, als sie alle zu verjagen, ich sage bloß, Ihr hättet ein ansteckendes Nervenfieber gekriegt, und wem das Leben lieb sei, solle sehen, was er mache. Potz Blitz, wie werden die Auszug geben, denn Euer Testament erlebten doch noch alle gar zu gerne. Höchstens bis dort zum Holzhaufen kommen sie mehr und gucken hinter ihm hervor, ob die Fenster noch nicht offen seien. Oder ich sage jedem ins Ohr: ich hätte guten Grund, zu glauben, Ihr würdet wiederkommen nach dem Tode, und wer wiederkomme, plage die am meisten, welche zuletzt bei ihm gewesen seien.«

»Ihr seid immer der gleiche«, sagte der Kirchmeier, »aber weder das eine noch das andere ist mir anständig. Wer einen Fuß im Grabe hat, darf nicht mehr lügen, nicht mehr Spaß treiben. Ich habe während meinem Leben zu manchem Spaße geholfen und manchen zum besten gehabt, mehr, als mir jetzt lieb ist. Freilich könnte ich sagen, die Leute hätten es so gewollt, aber wenn mir eben die Ruhe nicht zu lieb gewesen, so hätte ich Ernst auch brauchen können. Vielleicht schadete es Euch auch nichts, wenn Ihr ein wenig, von den Flausen ließet und an das Abreisen dächtet. Mir scheint am besten, wenn Ihr unter der Hand andeuten würdet, ich liebte die Besuche nicht, ich sei ein mißtrauischer Mann und hielte dafür, all das Gelaufe gelte nicht mir, sondern entweder der Neugierde, zu sehen und zu hören, auf welchem Loche ich pfeife, oder aber meinem Geldsack, um sich gleichsam wie ein Wurm ins Holz darein einzubohren. Ich könnte Ähnliches zwar selbst andeuten, aber Ihr wißt, Doktor, ich liebe das Durchgreifen nicht. Das sachte Abschüsseln und leise von der Hand Weisen ist meine Sache.«

»Mir recht, Kirchmeier«, sagte der Doktor, »will schon Euer Sündenbock sein. Allweg hilft das Mittel. Es ist schade, daß solche Schlauköpfe sterben, die sollte man wieder jung machen können.« »Trüge nichts ab«, sagte der Alte, »wächst ja doch unter alten Bäumen nicht gerne das junge Holz; gewinnt erst, wenn das alte fort ist, den unverkümmerten Wachstum. Ich mache gerne Platz, aber in aller Ruhe, welche ich erworben und, wie ich glaube, auch verdient. Das angegebene Mittel, hilft es, was meint Ihr?« »Allweg«, sagte der Arzt, »bin Euch gut dafür. In wenigen Tagen seid Ihr so ungestört wie eine Nonne im Kloster. Denn vor dem unwert Werden haben Eure Vettern und Basen Respekt, wie die, welche in die Regierung wollen, vor dem Vorwurf, sie seien Jesuiten oder Aristokraten. Mancher, den seine Frau anhergejagt, ist froh darüber, daheim bleiben und seine Hühneraugen pflegen zu können.«

Das Mittel erprobte sich, die Besuche blieben nach und nach aus; einsam wurde es im Nidleboden, und ruhig konnte der alte Kirchmeier seine letzten Tage zubringen. Aber ruhig waren deswegen die Verwandten nicht geworden, und aus den Augen ließen sie den Vetter nicht. Wenn sie auch nicht geradezu hinter dem Holzhaufen sich postiert hatten, wie der Arzt gesagt hatte, von dort hervorguckten, so konnten die einen sich doch nicht enthalten, zwischen Tag und Nacht um das Haus zu spionieren; fremde Gestalten sah man im Mondschein durch die Bäume sich bewegen. Andere stellten Kundschafter an, das wandernde Gesindel, christliche Zigeuner; denn soviel Kesselflicker, Korber, Schwefelhölzler, Bettler von allen Sorten waren im Nidleboden noch nicht gesehen worden, obgleich er von je mit solchen Leuten gesegnet gewesen. Alle weilten länger, als nötig war, frugen das möglichste, suchten vor allem durch eigenen Augenschein sich zu vergewissern, der Alte lebe noch. Wer von seinem Angesicht reden konnte, der hielt seine Sendung für eine glückliche und sehr belohnenswerte. Die angesehensten Verwandten gaben sich diese Mühe nicht, sie kannten die Wahrheit, daß, wenn der König sterbend sei, das Hofgesinde sich dem Thronfolger zuwende und gefällig sei auf das möglichste. Sie steckten sich daher hinter Nachbarsleute, und diese versprachen sehr willig, es ihnen alsobald ansagen zu lassen, wenn es eine Änderung gebe im Nidleboden, damit sie alsobald auf dem Platze sein könnten und die Mäuse aus dem Bienenstocke jagen. Sie gehörten unter die Leute, welche durchaus an keine Ehrlichkeit glauben können, sondern meinen, jeder mache, was er könne, wozu die Gelegenheit sich ihm biete. Sie haben guten Grund zu diesem Glauben, obgleich sie ihn nie werden angeben können; denn derselbe liegt in ihnen selbst, wohinein bekanntlich gar viele Augen nie klar sehen. Er liegt im dunkeln Bewußtsein, zu was allem sie selbst fähig wären eben bei schicklicher Gelegenheit.

Vetter Hans Joggeli brachte nun ungestört noch freundliche Tage zu, wenn auch bei täglich abnehmender Lebenskraft. Er war leidlos und gefaßt, sein Haus war bestellt, seine Seele freute sich abzuscheiden, und freundlich war über ihm in den letzten Tagen der Himmel. Alle seine Leute taten, was sie ihm an den Augen absahen, und mieden auf das sorgfältigste, was irgendwie ihm Verdruß machen konnte, und das alles nicht in eigennützigem Sinne, sondern aus warmer Liebe; denn bei niemand im Hause hatte er die geringste Hoffnung erweckt, welche mit seinem Tode in Erfüllung gehen sollte, sondern bloß dafür gesorgt, daß es allen wohl war bei ihm im Leben, daß in allen das Gefühl wach war, es gehe ihnen übel mit seinem Tode. Er stand alle Tage noch auf; wenn leicht das Wetter leidlich war, so ging er noch vor das Haus, besuchte die Ställe, sah wenigstens dem Tränken des Viehes zu oder tat einen Blick in seine Besitzungen. War es schlimm draußen, so saß er auf der warmen Ofenbank in der Gesindestube, ließ sich da erzählen, was draußen vorging, und erteilte seine Befehle. War was Besonderes, so berichtete ihm Benz im Stübchen, gab über alles Rechenschaft und zeigte eine Sorgsamkeit, welche dem Alten den üblichen Kummer, es gehe draußen nicht gut, nahm und ihn recht ordentlich erquickte. Bäbeli dagegen war seine getreue Abwart oder Pflegerin, soweit er es bedurfte. Gern hätte das Mädchen mehr getan, aber besondere Dienstleistungen duldete der Alte nicht. Solange der Mensch sich selbsten helfen könne, müsse er es tun. Der Schwachheit, dem tödlichsten Feinde, dürfe man sich erst ergeben, wann es sein müsse. Desto größern Fleiß hatte Bäbeli mit Kochen und machte seine Sache trotz den Verleumdungen der Base recht gut. Sein Lehrmeister war der Arzt. Derselbe sagte nicht bloß, was es kochen solle, sondern auch, wie; und was es gekocht, wies Bäbeli, sooft es konnte, dem Arzte vor, um zu vernehmen, ob es gut sei so oder nicht. Eine halbe Köchin sollte jeder Arzt sein, freilich fände er nicht viele gelehrige Schülerinnen. Es gibt Weiber, welche viel lieber der ganzen Haushaltung den Tod an den Hals fütterten als von ferne eingestehn, daß sie nicht recht kochen und von einem Arzt etwas lernen könnten. Ach, es ist ein liebenswürdiges Geschlecht, das weibliche, aber verflucht eigensinnige Geschöpfe gibt es darunter, das ist wahr! So eins war Bäbeli nicht, es tat das möglichste und plagte doch den Vetter nicht mit der Liebe; es zeigte sie bloß, daß der Vetter in stillem Wohlgefallen sie inneward, wußte, er könnte auf eine Liebe zählen, die da nicht das Ihre sucht, nicht ungeduldig wird, sich nicht aufbläht, sondern alles erträgt und alles erduldet. Nie störte es den Abendschlummer, nie den Morgenschlaf, und doch ging es nie zu Bett, ohne am Bette des Vetters auf seine Atemzüge gelauscht zu haben, und sein erster Gang des Morgens war hin zu des Vetters Bette.

Bäbeli, welche den lieben Paten stündlich sah, nahm das Schwinden seines Lebens nicht wahr, desto besser er selbst; da er aber gleich heiter im Gemüte blieb, täuschten sich die andern desto eher über seinen Zustand. Er sah dem Schwinden seines Lebens zu wie ein Wanderer, der nach harten Wanderungen müde auf eines Hügels Spitze sich gesetzt hat, dem Untergehen des schönen Abendsternes. Als seine Schwäche merklich hervorgetreten war, hatte er einmal des Abends alle seine Leute versammelt und ihnen gesagt: es wisse keiner, wann er sterbe, ein Alter besonders müßte auf alles gefaßt sein; darum, wenn ihm was Menschliches begegne, so hätten sie alsbald den und den zu rufen, sie sollten es ja nicht versäumen, damit sie nicht in große Verlegenheit kämen und üblen Verdacht. Seitdem sprach er nicht mehr vom Tode, ängstigen wollte er seine Leute nicht.

Viel las er nicht, aber es war nicht öde in seiner Seele; die schreckliche Öde, welche in den letzten Stunden bis zur Verzweiflung ängstigt, welche man in Todesangst noch ausfüllen möchte, Tag und Nacht, Weib um Weib, Mann um Mann am Bette schreiend lesen läßt, daß die Wände seufzen und knarren, diese schreckliche Öde kannte er nicht. Er hatte Schätze gesammelt, als er bei guten Kräften gewesen, an diesen Schätzen nagte der Tod nicht.

Wenn er an stillen, hellen Tagen an der Sonne saß, so sonnte er diese seine Schätze, legte sie aus vor Gottes Augen und sah fragend in den blauen Himmel hinauf, zu forschen, ob sein Gott Wohlgefallen hätte daran, ob er das Feld seines Herzens weiß und reif finde zur Ernte, den Weizen gut für die himmlischen Scheuren. Und wenn er in stiller Nacht auf seinem Lager ruhte, so ließ er an seinem innern Auge vorübergleiten die vergangenen Zeiten, prüfte wohl den Zusammenhang der Aussaat mit der Frucht, prüfte das eigene Tun und untersuchte, ob alles nun wohlbestellt, nichts gutzumachen sei. Dann lauschte er wohl, ob er nicht höre des Todes leises Schleichen, sein Tappen an den Wänden der Kammer, in welcher sein Herz verwahrst lag; dann sah er wohl nach dem hellen Himmel zu den flimmernden Sternen auf, ob sich von keinem ein Lichtstrahl löse, zum Engel sich verklären schwebe in sein Kämmerlein, löse aus irdischen Banden seine unsterbliche Seele und sie geleite in das himmlische Land.

Einmal in einer schönen Frühlingsnacht schwebte dieser Engel nieder, leise schlich ans Herz der Tod. Am Morgen, als Bäbeli bei des Tages erstem Schimmer oben an des Bettes Häupten lauschte auf die Atemzüge des teuren Paten, hörte es keine. Näher und näher bog es sich, faßte endlich die auf der Decke liegende Hand, sie war kalt, steif. Es schlief der alte Kirchmeier, aber nicht den Schlaf, aus welchem das Krähen des Hahns den Menschen weckt, sondern den Schlaf, aus welchem die Stimme Gottes die Schlafenden zum Erwachen rufet. Aber fast wie in gewöhnlichem Schlafe lag er da, unentstellt; leise mußte der Tod geschlichen sein, ohne Krampf und Zucken der Tod die Seele gelöst haben. Der Jammer des Mädchens, der, sobald es den Paten nicht schlafend, sondern tot erkannte, überlaut ausbrach, rief das ganze Haus zusammen. Es war wirklich, als ob Kindern an dem Totenlager das Herz brechen wollte, so aufrichtig und gewaltig brach der Schmerz bei allen aus. So weit hatte der weise Mann in seiner ruhigen, aber stetigen wortlosen Güte es gebracht, daß er in den letzten Tagen niemand im Hause hatte, der auf seinen Tod spekulierte, daß selten über eines Vaters Leiche aufrichtigere Tränen flossen als über seine.

Bäbeli war untröstlich, an des Seligen Befehle dachte es nicht, Benz mußte sie besorgen. Ein alter Freund des Gestorbenen, welcher zugleich Gerichtsmann war und die nötigen Förmlichkeiten vollziehen konnte, wurde geholt und erschien alsbald. Auch er war sehr betrübt, viele Jahre lang hatte er mit dem Kirchmeier in treuer, seltener Freundschaft gelebt, jetzt war ihm, als sei er alleine geblieben auf öder Insel; ein innig Sehnen, dem Freunde zu folgen in die seligen Gefilde, ergriff ihn; »ach, wer bei dir sein könnte!« seufzte er. »Hoffentlich vergißt der Herr mich nicht, holt bald mich nach. Doch nicht, wie ich will, sondern wie er will. Lebe ich, so lebe ich ja dem Herrn, sterbe ich, so sterbe ich dem Herrn.« Darauf ging er an seine Geschäfte, verrichtete dieselben mit der pünktlichsten Besonnenheit, fand alles in der ihm wohlbekannten Ordnung, nirgends die geringste Spur von Untreue, versiegelte allenthalben und nahm die Schlüssel zuhanden.

Kaum waren er und sein gesetzlicher Gehülfe mit der Arbeit fertig, so stellten bereits Verwandte sich ein. Es war, als ob Krähen geflogen übers Land, die Kunde ausgerufen hätten stundenweit: endlich tot sei der Alte im Nidleboden. Wie Friesländer und Schottländer an den Strand rennen, wenn an ihren unglückbringenden Ufern ein Schiff geborsten ist, wie sie rennen, um im Unglück Glück zu fischen, Beute zu nehmen von den Opfern des Todes, jeder der erste sein möchte und auch der letzte, alles alleine möchte, jeden, der mit ihm rennt, mit ihm fischt und packt, als Feind betrachtet, so kamen sie daher, die Erben, in Hoffnung, die durch den Tod verfallene Beute zu sichern, jeder angstvoll, er komme zu spät, das Beste sei vielleicht schon wegstibitzt, halb und halb entschlossen, ebenfalls zu machen, was sie könnten, wenn nämlich noch was da sei. Etwas mehr Anstand beobachteten sie jedoch als die Friesländer, wenn sie an den Strand laufen, das muß man sagen; die Weiber namentlich falteten unter des Hauses Türe Gesicht und Hände andächtig, weinten am Bette, worauf der Tote lag, ein Gsätzlein, doch meist nur ein kurzes, machten dann die Runde durchs Haus, musterten, ob wohl noch alles da sei, was sie früher angemerkt, nahmen von den Dienstboten, wen sie erhaschen konnten, nebenaus, wollten wissen, wie alles zu- und hergegangen, wer zuletzt bei ihm gewesen, wie lange man gewartet, um versiegeln zu lassen, und ob nicht vielleicht der alte Gerichtsmann der größte Schelm von allen sei. Die Männer taten im allgemeinen bedächtiger und vorsichtiger, besonders die, welche bäurische Kleidung trugen. Es war nicht, daß sie nicht auch Lust zum Aufbegehren hatten, aber sie wußten, je seidener und zufriedener sie täten, desto weniger nehme man sich vor ihnen in acht, desto eher kriegten sie einen guten Grund zum Aufbegehren.

Ganz auf die entgegengesetzte Weise betrug sich der wohlbekannte Vetter Hansli, welcher, weiß der Kuckuck, wie, die Nachricht auch vernommen und so gleichsam als wie im Vorbeifahren polternd daherkam und prasselte wie eine Bombe, welche in einen Ziegelhaufen fährt. Hansli war diesmal jeder Zoll ein Herr, von außen nämlich, von den Sprungriemen an bis zu den gebürsteten Haaren, tat nun auch wie ein solcher gemachter (es ist ein großer Unterschied zwischen gemachten und geborenen Herren) Herr zu tun pflegt. Er wollte imponieren, namentlich dem alten Gerichtsmann, und redete drein als wie vom Himmel herab. Man solle sich in acht nehmen, was man mache, sagte Hansli, sitze einer am Gericht oder nicht, er müsse ihm beim – ins Zuchthaus, wenn was Ungerades gegangen. Derselbe wäre nicht der erste, welchen er dahin gebracht, er wisse, was Ordnung sei, und habe niemand zu fürchten, am wenigsten so lumpichte Gerichtsmannleni. Er wisse, was dasein solle, der Vetter selig habe das Zutrauen zu ihm gehabt und ihm alles gesagt. Er wolle gewarnt haben, sonst könne man dann sehen!

Der alte Gerichtsmann dagegen war jeder Zoll ein Bauer, von den schweren, wohlbeschlagenen Schuhen weg bis zum Zipfel seiner weißen, baumwollenen Kappe. Der steckte sein kurzes Pfeifchen in den Mund, ließ es zwischen den Zähnen baumeln, nahm Feuerzeug aus der Westentasche, brach ein ganz klein Stückchen Zunder ab, schlug langsam am stumpfen Steine Feuer, mußte ihn manchmal wenden, ehe der Zunder Feuer fing, sagte derweilen: »Ich kenne dich nicht und fürchte dich nicht. Dem Anschein nach möchtest du ein Herr sein. Aber seiest du, wer du wollest, so hast du allweg hier nicht zu regieren, einstweilen geht dich die Sache halt nichts an, und es ist möglich, daß sie dich nie was angeht. Und geht sie dich einmal was an, was ich nicht weiß, so mach dann, was du willst! Aber erschrocken bin ich nicht, und wenn du noch zehnmal ärger schnaubtest als ein halb tauber Stier. Was in solchen Fällen gesetzlich und bräuchlich ist, das wußte ich, ehe du die Läuse zählen konntest, welche dir deine Mutter hinuntermachte. Und es dünkt mich, große Ursache zum Kummer, daß es nicht recht gegangen, solltest du nicht haben, denn es ist kein Herr dabeigewesen.«

Die Umstehenden lachten oder drehten sich um; in die Nase des Herrn roch die langsame, durch das Feuerschlagen unterbrochene Rede wie starker Tabak, er stieß einige Töne aus, welche drohend klangen, aber nicht verständlich waren, schoß durch das Haus, stieß unglücklicherweise auf das arme Bäbeli und schüttete über dasselbe den Vorschuß seines Zornes.

»Was hast du mit dem Bureauschlüsseli gemacht, als du den Vetter selig tot fandest?« frug er. An das Schlüsseli habe es wahrhaftig nicht gedacht, antwortete Bäbeli aufrichtig, es hätte nichts zu machen gewußt als weinen, bis der alte Gerichtsmann gekommen und ihns aufgerichtet hätte. »Das wird sich erzeigen«, schnaubte Hansli mit hoch aufgeblasenen Backen, »die Wahrheit wollen wir schon an den Tag bringen, die Finger mußt du aufheben, Mensch! Da ists schon manchem anders gekommen, und an den Tag kam, woran niemand gedacht. Ja, tue nur wie der heilige Feierabend, gerade solche sind gewöhnlich die Schlimmsten.«

Darauf schoß er hinaus, befahl anzuspannen, stöberte unterdessen durch die Ställe, pfiff, schnaubte, fluchte abwechselnd, und hie und da ließ er eine verständliche Glosse laufen: »Verfluchte Ordnung! Sauberer Haushalt! Da möchte ich nicht Vieh sein! Wohl, da ists Zeit, daß es anders kömmt! Da kriegt einer Arbeit, ein Jahr hat er, bis er nur den überflüssigen Dreck weg hat!« So war er bis zu seiner gelieferten Kuh gekommen, da brach das Wetter, welches sich durch einzelne Stöße angekündigt hatte, im Zusammenhange los und zwar unmittelbar über Benzens Haupt. Was er für ein Nichtsnutz sei, und wie er nichts Besseres tun könne, als sich aus dem Staube machen, ehe man ihm seine schmutzige Wäsche vor die Füße werfe, war der Hauptinhalt von Hanslis salbungsreichem, mit Gewürz durchspicktem Zuspruch. Benz verstummte nicht, sondern meinte ebenfalls, das gehe ihn einstweilen nichts an, und wenn er ihm raten könnte, so sei es für ihn am besten, er mache sich zum Stalle hinaus, und zwar so schnell als möglich. Das fuhr Hansli ins Haupt; die beleidigte Majestät zu rächen, wollte er Benz zwischen die Kühe in den Kot werfen. Aber Benz, rasch von Hand und Fuß, wich aus, griff zur Mistgabel, und Hansli fand für gut, Benzens Rat zu befolgen und sich aus dem Stalle zu machen.

Es waren für die Hausbewohner trübe Tage, die drei Tage, während denen die sterblichen Reste des alten Kirchmeiers im Hause weilen und harren mußten auf die Ruhe im Grabe. Ehedem weilten Sieger drei Tage auf dem Schlachtfelde, ehe sie es verließen, harrten, ob jemand den Sieg ihnen zweifelhaft und streitig mache. Wohl dem, der als Sieger auf dem Totenbette ruht, drei Tage noch weilet in der Welt, welche er überwunden, ohne daß die Welt Klage erhebt über ihn, Zeugnis ablegt gegen ihn, daß er ihr Knecht und Sklave gewesen und von ihr überwältigt gestorben sei! Den alten Kirchmeier hatte die Welt nicht besiegt, und wenn er in sich den alten Menschen auch nicht vollkommen ertötet hatte, so war derselbe doch zusammengebrochen und hoch über ihn aufgewachsen der neue Mensch. Klage oder Fluch über den Daliegenden hörte man keine an seinem Bette, aber viel stilles Weinen, viele laute Klagen über sein Scheiden, und beides aus aufrichtigem Herzen. Was der Himmelstau im Frühling den erwachenden Blümlein ist, das sind solche Tränen den in jener Welt erwachenden Seelen. Aber für die im Hause Weilenden waren es trübe, trostlose Tage. Ein eigenes Gefühl kömmt über die Bewohner eines Hauses, in welchem eine Leiche liegt; es wird allen, als sei unter ihnen ein nach langer Krankheit süß Schlafender, dessen Ruhe man nicht stören dürfe. Leiser spricht man, leiser geht man, und doch zieht wiederum ein Gefühl der Leere, Öde nach dem Gestorbenen hin, es wird einem, als sollte man ihn wecken oder wachend finden in seinem Bette. Dazu mag man nicht arbeiten, muß bei allem, was man vornimmt, an ihn denken, fragen: »Wäre ihm das wohl recht, oder möchte er es anders?« Es ist einem, als sei mit dem erloschenen Leben das eigene Leben gelähmt, als sei ihm die beste Kraft entschwunden. Zu nichts hat man Mut und Lust, kaum hat man was angegriffen, so läßt man es wieder liegen, starrt ins Weite, geht zur Leiche. In das düstere Leben brachten einige Bewegung die Boten, welche mit Einladungen versandt wurden, und die, welche mit erhaltenem Bescheid zurückkehrten und dabei erzählten, was sie sonst noch gesehen, gehört, was sie gefragt worden, und was die Leute gedacht und gemeint.

Da nahe Verwandte fehlten, welchen unmittelbar das Recht zustand, im Nidleboden zu befehlen, so hatte der selige Kirchmeier dieses Recht schriftlich dem alten Freunde übertragen. Derselbe sollte verwalten bis zur Eröffnung des Testamentes und namentlich das Leichenbegängnis beschicken, und zwar in alter, großartiger Freigebigkeit. Sonderbar ists, die großen Hochzeiten, an welchen bei dreihundert Personen teilnahmen und drei Tage dauerten, finden nicht mehr statt, die großen Leichenbegängnisse sind noch geblieben. Welcher Schluß ließe sich wohl daraus ziehen? Zu des Kirchmeiers Leichenbegängnis sollten eingeladen werden alle ärmeren Leute in der Gemeinde, alle, welche auf irgendeine Weise dem Hause dienstbar gewesen, sei es als Dienstboten, Tagelöhner oder Handwerksleute, alle Gevattersleute und endlich alle Verwandte bis zu Noah hinauf. Mit dem Leichenbegleit war nach alter Sitte, welche über alle Gesetze den Sieg davongetragen, ein Leichenmahl verbunden, üppiger oder knapper, nach den Umständen. Des Kirchmeiers Wille war, daß für das Essen alleine ein Franken bezahlt würde; der Wein, soviel man trinken möge, und so gut, als man ihn haben könne, besonders berechnet. Er wußte aus Erfahrung, wie glücklich ein Armer an einer solchen Mahlzeit lebt, wie sie zu einem Sterne wird, an dem er sich erfreut mitten in der schwarzen Nacht des Elends.

Die Verwandten, und namentlich die Gebildeteren unter denselben, welche aber leider in der Lage waren, auf ein solches Erbe nicht lange warten zu können, ebensowenig als gewisse Staatslichter auf einen zu hebenden Schatz, hatten darauf gedrungen, daß das Testament, welches sich vorgefunden, durch das außerordentlich zusammenzurufende Gericht gleich am Begräbnistag eröffnet werden solle. Da der Gerichtsmann anfänglich einige Bedenken hatte und auf das Unanständige dieses Nichtwartenmögens aufmerksam machte, so meinte Hansli, anständig und unanständig sei veraltet Zeug, es frage sich, was gesetzlich sei. Sei er nur etwas Meister, so müsse in die neue Verfassung ein Artikel, daß jegliches Testament dreiviertel Stund nach dem Tode eines Menschen eröffnet werden müsse, und zwar von Rechtes wegen und auf Staatskosten. Darauf hatte der Alte gesagt: »He nun, wann es so gemeint ist, so habe ich nichts darwider, es hätte mir nur geschienen, es möchten viele noch lange früh genug vernehmen, was im Testamente steht.«

Es war eben wieder ein schöner, freundlicher Frühlingstag, als der selige Hans Joggeli begraben werden sollte, so recht ein Tag zur Aussaat, ein Tag, welchen man als Pfand nehmen konnte, daß, was gesäet wird verweslich, auferstehen werde unverweslich, was gesäet wird in Unehre, auferwecket werde in Herrlichkeit, und in Kraft, was gesäet wird in Schwachheit. Ein duftiger Tag, wo man es so recht begreift, was Paulus sagt: »Es wird gesäet ein natürlicher Leib und wird auferwecket ein geistiger Leib. Es ist ein natürlicher Leib, es ist auch ein geistiger Leib.«

Der Begräbnistag ist für viele Überlebende schwerer als der Todestag, und namentlich, wenn des Hauses Haupt zu Grabe getragen wird. Da ists, als ob des Hauses Bewohner Glieder eines Leibes wären und bei vollem Bewußtsein die Seele aus dem Leibe, durch welchen sie zusammenhingen, die Seele, durch welche der Leib bestand, müßten hinaustragen sehen, nun gewärtigen müßten, der erste Windstoß zerstreue die auseinanderfallenden Glieder nach allen Winden. Da ists, wo das innigste Gefühl, welches am Todestage ins Kämmerlein sich verbergen durfte, an die heiße Sonne muß oder an rauhe Winde. Brennen und zucken des Leibes Wunden so schmerzlich in der Sonne Glut, im Blasen der Winde, um wieviel heißer brennen und zucken wohl die Wunden der Seele in roher Kälte, in den Funken sprühenden Mißtrauens, im Sturme windigen Geredes!

Bäbelis Kammer lag gegen die Sonne, der erste Sonnenstrahl, wenn die Sonne nicht hoch am Himmel ging, spiegelte sich an den dunkeln Wänden, und in einigen Tagen des Jahres küßte er das rosige Mädchen wach. Dann fuhr das Mädchen züchtig auf, faltete die Hände, dankte Gott für die gute Nacht, bat um Segen für den Tag, machte rasch und wohlgemut sich ans Tagewerk. An selbem Tage küßte es auch die Sonne wach, aber schwer hob es sein Haupt, langsam ermunterte es sich. Wahrscheinlich hatte das arme Kind wenig geschlafen und schwer geträumt. Als es zum Bewußtsein kam, wo es sei, und was für ein Tag es sei, da legte es sein Haupt wieder nieder und weinte bitterlich, weinte, bis eine andere Magd kam und es ans Tagewerk rief. Aber schwer bewältigte es das unaussprechliche Weh, das keinem bestimmten Grunde entfloß, sondern aus dem weiten Borne der Liebe quoll, aus welchem weder Gründe noch Rechnungen fließen, bloß reine Gefühle quellen. Endlich faßte es sich, faßte die Zügel der Haushaltung, aber mit schweren Gliedern, daß es ihm oft war, als müsse es in die Erde sinken, lange bevor es dem Seligen zu Grabe läute, und unaufhaltsam flossen ihm die Augen über. Den andern Hausgenossen ging es ähnlich, obgleich die meisten aus göberm Stoffe gebaut waren.

Früh schon kam der alte Testamentsvollstrecker, er wußte wohl, daß junge Leute an solchen Tagen die Besonnenheit nicht zu wahren vermögen. Bloß den Alten, im Leben Erkühlten ist es gegeben, beisammenzuhalten ein Herz voll Schmerz, einen Kopf voll klaren Willens. Er tröstete vor allem, indem er meinte, sie würden sich gewöhnen müssen im Leben, daß alte Menschen sterben; das sei eine geordnete Sache, an welcher sich nichts ändern ließe. Sie sollten nur sorgen dafür, daß sie nie weinen müßten aus bösem Gewissen. Das Weh welches aus der Liebe kommt, das sei eine Traurigkeit aus Gott, welche sich in Freude verkläre; das Weh aus bösem Gewissen sei der Wurm, welcher nicht ersterbe, sondern immer glühender quäle. Soviel er wisse, könnten sie ein ruhiges Gewissen haben, der Selige sei zufrieden mit ihnen gewesen, und soviel er gesehen, hätten sie ihm getreulich abgewartet und ihm Frieden gelassen in den letzten Tagen. Darum sollten sie jetzt sich fassen und ordentlich schaffen, es liege heute ihnen viel ob. »Ja, und am Abend können wir den Bündel machen und wandern, wenn uns nicht der Landjäger nimmt und ins Gefängnis führt«, rief die jüngere Magd.

»Dafür habe nicht Kummer!« sagte der Alte, »das ist dummes Gerede. Was der Freund gemacht, steht versiegelt im Testament, aber das kann ich sagen: daß Unrecht euch niemand antun soll, dafür bin ich da; und wenn jemand ungerecht fortgejagt werden sollte, so findet er bei mir Arbeit und Essen, bis er zufrieden ist und was Besseres weiß.« Eines aber möchte er, fuhr er fort. Es wären unter ihnen die meisten, welche entweder als verwandt oder als Paten das Recht hätten, den Seligen zu Grabe zu geleiten. Wer wolle, der könne. Aber jemand müsse doch daheim bleiben, das Haus könne man nicht unbewacht lassen, man wisse, wie es heutzutage gehe. Da wäre ihm am liebsten, es hätte es eins wie das andere, und alle blieben beisammen daheim. Sie selbst seien so am ruhigsten, und zu kurz sollten sie nicht kommen. Bäbeli solle Fleisch kochen vom besten, welches vorrätig sei, und ungescheut Wein im Keller nehmen, soviel sie möchten. Jetzt aber sollten sie emsig sein, aufräumen, bereitmachen, daß man den entfernten Verwandten mit Kaffee, Wein und Käse aufwarten könne. Es würden zwar die meisten sagen, sie möchten nicht, ihretwegen solle man nicht Mühe haben, indessen würden sie doch nehmen, was da sei. Anfangs hielt es Bäbeli hart, mit dem Paten nicht zu Grabe gehen zu sollen. Soll man von einem Geliebten scheiden, so geleitet man ihn doch gerne so weit, als man kann, sieht ihm dann noch nach so lange als möglich; darum auch geleitet man die Geliebten zu Grabe, sieht ihnen nach ins Grab, bis die schwarze Erde sich häuft im Grabe, sie und die letzte Hülle birgt. Doch es schickte sich darein, und allgemach schien es ihm wirklich besser so, wie der Alte meinte. Daheim konnte es alleine sein, war aus dem Bereich aller feindseligen Blicke, lief nicht Gefahr, hören zu müssen: »Du, das dort, welches so nötlich tut, ist das Mensch, welches zuletzt bei ihm gewesen ist und so vaterländisch gestohlen hat. Es ist schade, daß man heutzutage die Diebe nicht mehr hängt, diese möchte ich baumeln sehen.«

Man hatte zur Vorbereitung keine Zeit zu verlieren. Bei guter Zeit kamen die, welche am nächsten verwandt sich glaubten, daher, zu Fuß und zu Wagen, ließen den Imbiß sich nach einigem Nötigen gefallen, wobei jedoch selten eins ein eigen Lächeln verbergen konnte, welches sagen wollte: »Ja, nötigt nur, derweilen es noch geht; wer sich jetzt nötigen läßt, der ist vielleicht bald der, welcher befiehlt.« Es war eine seltsame Anwendung des Wortes: Wer sich selbst erniedrigt, der wird erhöhet werden. Darauf ward so in aller Stille durchs Haus gestrichen, die einen zählten die Speckseiten, ob sie noch alle da seien; andere erbauten sich an den schönen Pferden, übersahen hinterm Hause die schönen Wiesen, überschlugen im stillen, was der Hof wohl gelten möchte, oder musterten drinnen das schöne Geschirr in den stattlichen Glasschränken, schlichen in die Scheune oder in die Kammern und alles so wie unbewußt, daß es ja niemand merken sollte.

Als die Base mit der spitzen Nase auch ins innere Stübchen brach, saß ihr eine große, schwarze Katze, der Liebling des Kirchmeiers, im Wege. Mit dem Fuße stieß sie dieselbe auf die Seite und sagte: »Willst aus dem Wege oder nicht, du Unflat! Warte nur, dir läutet es auch bald Feierabend!« Es war schon vorher etwas Unheimliches in der Katze, so hatte sie nie miaut, wie seit der Alte tot war, und gefressen wenig; es war, als ob etwas Tieferes, Geheimnisvolleres in ihr sich rege, als im Tiere der Mensch wahrnimmt. Jener Stoß schien eine Flamme anzublasen, die Katze erhob sich, sträubte das Haar, hob hoch den Schwanz, feurig glühten die Augen; des Angriffs gewärtig und trotzige Töne ausstoßend, schritt sie durchs Haus. Einstweilen stieß sie niemand mehr mit dem Fuße, jedermann ging ihr aus dem Wege.

Nach und nach fanden die andern Geladenen sich ein, die Männer mit Säcklein in den Händen, in welchen die Leichenmäntel waren, standen in Truppen zusammen, die Weiber standen um den Garten herum, banden sich die Haarflechten auf, redeten halblaut allerlei. Endlich kam der Schulmeister, rief zum Gebet im Hause die Vereinzelten zusammen, was langsam ging, als ob jeder fürchtete, der erste zu sein. Gar wehlich schrie die Katze in das Gebet hinein, manchem ward es dabei unheimlich ums Herz, und es dünkte ihn, wenn doch nur jemand die Katze zum Schweigen brächte, aber niemand tat es. Doch erst, als man den Sarg zuschraubte, ward sie recht zornig, sträubte das Haar hochauf und folgte dem Sarge mit zornigem Geschrei vor das Haus.

Zornig, ungefähr wie die Katze, war Hansli, der spät gekommen, durch das Haus gefahren, es schien ihm, als hätte das Fleisch im

Rauchfang abgenommen. Vor dem Hause stießen sie plötzlich aufeinander, der zornige Hansli und die zornige Katze. Diese krümmte sich, schneuzte ihn grimmig an und machte Augen wie glühende Kohlen, daß Hansli erschrak. Er sah in der Katze ein Ungeheuer, ein Wesen aus einer andern Welt, denn so aufgeklärt er schien, so war er insgeheim doch so abergläubisch wie das dümmste Grabenbabi. Drei Schritte fuhr er zurück, schrie, man solle die Katze wegnehmen, sie sei verrückt; um kein Gut der Welt hätte er selbst sie mit einem Finger berührt, bloß von weitem schneuzte er die Katze an, die Katze ihn. Wahrscheinlich hätte die Katze den Angriff gewagt, Hansli Fersengeld gegeben, da kam Bäbeli, welches Erbarmen hatte mit dem armen Tiere, trug es liebkosend in des Vetters Stübchen.

Endlich war er hinausgetragen, der alte Vetter, aus seinem schönen Nidleboden dem dunkeln Grabe zu, welches auf dem fast eine Stunde weit entfernten Kirchhofe der Gemeinde für ihn bereitet war, wo Reiche und Arme sich sammelten im Tode, wie weit sie im Leben entfernt waren. Den Reichen und Armen ist nur ein Trost gegeben und allen der gleiche, daß der, welcher vom Tode auferstanden ist, auch sie auferwecke, harrend der Stimme, die da in die Gräber dringen wird und zum Leben wecken, die da Gutes getan haben. Wohl täte es manchem, wenn er im Leben daran dächte, neben wem er im Tode zu ruhen kommen könnte, und schon im Leben sich brüderlich ihm näherte, damit er nicht einst vielleicht hören muß: »Sieh, der neben dir begegnete dir im Leben in meinem Namen, du aber nahmest ihn nicht auf.«

Das Leichengeleite des Kirchmeiers zeugte davon, daß er dessen nicht vergessen, und wenn neben ihn der Ärmste gebettet ward ins Grab, so mußte der das Zeugnis geben, daß der reiche Bauer im Nidleboden ihm ein Bruder gewesen im Leben.

Nach Landsitte ward auf einem einspännigen Wägelchen der Sarg gefahren, demselben folgte ein langer Zug verschiedener Gestalten männlichen und weiblichen Geschlechtes. Den weiten Weg entlang blieben bloß die Geschlechter so ziemlich gesondert, nicht aber die reiche Verwandtschaft und die armen Gäste, zusammen fast zweihundert an der Zahl. Man sah alte Männchen in groben, rötlichen Mänteln und mangelhaften Kleidern wanken zwischen stattlichen Gestalten mit Stiefeln an den Beinen und Uhrenketten über die seidenen Westen, sah zwischen schön schwarz gekleideten, üppig genährten, mit dem weißen Hemde auf der breiten Brust weithin funkelnden Bäurinnen alte Mütterchen zitternd gehen, deren ärmliche Kleidung, welche die magern Glieder deckte, ein kärglich, trüb Dasein verkündete.

Größer jedoch noch als in den Gliedern und Kleidern war die Verschiedenheit auf den Gesichtern. Die stattlichen Männer, die dicken Weiber sahen hellauf, plauderten, wenn auch nicht lachend, doch munter durcheinander, schritten rasch dem voranfahrenden Wägelchen nach und wären noch rascher geschritten, wenn das alte Leibroß des Seligen rascher vorausgeschritten wäre. Aber es war, als ob es wisse, was es ziehe, als werde es ihm bei jedem Schritte schwerer, seinen guten Herrn und Meister dem Grabe zuzuführen. Man sah deutlich, in den stattlichen Gestalten drängte ein Trieb die Glieder vorwärts, der Befriedigung eines Verlangens entgegen. Hing nicht drüben, wo das Kirchlein stand, in verschlossenem Testamente der Schlüssel zu verschlossenen Kisten und Kasten, zu Geldsäcken und Schriftbehältern? Und wenn im Grabe die Leiche lag, sollte nicht der Schlüssel frei werden und zu freiem Gebrauch in glückliche Hände kommen? Ist es sich zu wundern, wenn bei solcher Aussicht unwillkürlich der Schritt länger wird, rascher der Fuß sich bewegt, in entschiedenen Fortschritt kommt?

Wie aber den Verwandten ein Schlüssel wartete, das verschlossene Haus mit all seinen reichen Behältern ihnen zu öffnen, so hatte sich dagegen den Alten, den Armen eine offene, milde Hand geschlossen für immer, sie sahen sie nimmer wieder, denn eben diese milde Hand geleiteten sie zu Grabe. Wer gab ihnen nun Holz für den Winter, gab ihnen Kartoffeln im Frühjahr, Obst im Herbste, Land zum Pflanzen unentgeltlich, so manchen schönen Batzen das Jahr hindurch, die schönen Neujahrsgeschenke ihren Kindern, die warmen Kleider, die schönen Bücher? Die Hand war tot, welche offen gewesen über sie zu jeder Zeit, das Haus ging ihnen zu, aus welchem sie so oft und so reichen Trost getragen.

Verschließen sehen sollten sie ihren teuren Wohltäter in die dunkle Kammer, wo, den Augen der Lebendigen verborgen, die sterblichen Reste der Toten wieder in die Elemente aufgelöst werden, aus welchen die wunderbare, weise Hand des Allmächtigen sie zusammengefügt. Darum trauerten sie hinter dem Sarge her, seufzten so schwer, darum wässerte so manche Träne die tiefen Furchen in den verwitterten Gesichtern, darum war das Gehen ihnen so mühselig, und immer mehr kürzten sich ihre Schritte, je näher sie der geheimnisvollen Kammer kamen. Es war ihnen, als hätten sie noch immer einen Trost auf Erden, solange der alte Kirchmeier über der Erde sei, als gehe mit ihm unter der einzige Stern, der ihnen freundlich geleuchtet in die Nacht ihrer Pilgerschaft.

Ein doppelt Wesen war der Selige in der Welt gewesen. Ein Vater der Armen mit Rat und Tat. Ein reicher Vater an Geld und Weisheit war er gewesen, aber in aller Stille; es vernahm die Linke das Tun der Rechten nicht. Ein reiches, aber ernstes Wohlmeinen trug er in sich und ließ es zur Tat werden, wo dieselbe, in Liebe und Treue aufgenommen, gute Frucht versprach, hütete sich aber sorgfältig, soweit es Menschen möglich, vor Taten, von denen er glaubte, sie wüchsen als Dornen und Disteln auf. Dem größten Teile der Verwandtschaft dagegen war er als geizig und wunderlich erschienen, sie lachten über den altväterischen, unscheinbaren Alten; sie spotteten über seine scheinbare Beschränktheit und klagten wiederum über seine Eigentümlichkeiten, sein Mißtrauen, seine Veränderlichkeit, daß, wenn man meine, man sei obenauf, so sehe er einen morgen kaum mehr an, denn er glaube allem Geschwätz und jeder Verleumdung, meinten sie. Sie kannten den Alten nicht, wohl aber er sie, das aber ahnten sie in ihrem Hochmute gegenüber dem unscheinbaren Männchen nicht. Er war Herr seiner selbsten, darum auch Meister über andere, hielt die Verwandten zehn Schritte vom Leibe, darum erkannten sie auch sein eigentliches Wesen nicht.

So ging ein doppelt Geleite, eine doppelte Verwandtschaft hinter dem Sarge her, eine Verwandtschaft durch die Liebe, eine durch das Blut. Wehe dem, welchem keine Liebe das Geleite zur dunkeln Kammer gibt, entweder hatte ihm des Vaters Ratschlag ein sehr trüb Los zugeteilt, oder aber er nimmt das Zeugnis mit sich, daß er sein Pfund vergraben, daß er nicht Wurzel gefaßt im Felde, auf welchem die seligen Geister erblühn. Denn wer nirgends Liebe wecket, den hat der beseligende Hauch der Gottheit nicht berührt, nicht beseelt, der gehört ins unselige Reich, wo feindselig die Kräfte sich durcheinanderschlingen, jede nur das Eigene sucht und nichts als das Verderben findet. Möglich aber auch, daß, wie zwei Ströme oft lange unvermischt nebeneinander fließen, der eine trüb, der andere klar, so eine doppelte Verwandtschaft am Grabe steht, eine Verwandtschaft der Liebe, eine des Blutes; daß, wo das Blut verwandt ist, keine Liebe ist und, wo Liebe ist, das Blut ein fremdes ist. Selten wohl wird dieses seltsame Verhältnis dem Toten zum Vorwurf gereichen und schwer über ihm die Erde machen, jedenfalls sind die in Liebe ihn Begleitenden Zeugen, daß er, vom Hauche der Gottheit belebt, Liebe in Herzen zu wecken, ins Reich der seligen Geister seine Wurzeln zu schlagen wußte.

Stille wird es in einem Hause, aus welchem man einen Toten getragen, nicht nur, weil die Leidtragenden sich entfernt, sondern es wird stille wie in einem Leibe, aus welchem die Seele geschieden ist. Bleiben auch Lebende im Hause zurück, so ziehen doch, wo die Liebe wohnt, auch ihre Seelen mit dem Sarge, geben geistig das Geleite den sterblichen Resten des Geliebten. So war es auch im Nidleboden. Öde und leer war es auch dort geworden, es war, als ob der Schutzgeist entschwunden sei, der Geist, der Ordnung schafft, die getrennten Teile bindet und einem Zwecke dienstbar macht. Stille war es nicht, bitterlich weinten die meisten der Zurückgebliebenen, und kläglich miauend strich die schwarze Katze herum, bis sie endlich bei Bäbeli stillestand, an ihm herumstrich, zu ihm aufsah und noch jämmerlicher miaute: »Ja, schreie nur, du armes Tier!« sagte Bäbeli, von Mitgefühl ergriffen, »dir ists übel gegangen wie mir; der ist fort, der dich so lieb hatte, und was der mit dir anfangen wird, welcher nach ihm kommt, ist Gott bekannt. Ich weiß auch nicht, wo ich hinsoll, und was aus mir wird. Aber wer weiß, vielleicht nimmt der, welcher mir einen Aufenthalt anerboten hat, auch dich. Sie sind so gute Freunde gewesen, daß er dich sicher nicht im Stiche läßt, wenn ich es ihm sage.« Es war ordentlich, als ob das schwarze Tier den Trost verstehe. Es stellte das wehliche Geschrei ein, leckte des Mädchens Hände, legte sich endlich in dessen Schoß zur Ruhe und begann behaglich zu schnurren.

Wenn aus Ost oder Südost der Wind geht, so hört man im Nidleboden das Geläute von der Kirche her, hört das Mittagsgeläute, hört die Schläge der Totenglocke. Von dorther kam am selben Tage der Wind ums Haus, in den Baumgarten hinaus. Jedes für sich, damit keins das andere störe im Horchen und Sinnen, standen die Zurückgebliebenen, lauschten auf die Töne vom Kirchlein her, sahen einander fragend an, schüttelten verneinend die Köpfe. Das Läuten beginnt, wann der Sarg dem Kirchhof sich naht. Sie wollten im Geiste bei seinem Grabe sein, wollten beten ins Grab hinein, wollten mischen ihr Gebet mit der über ihm zusammenrollenden Erde, den andern gleich, die am Grabe standen. Da hob das Mädchen, welches als äußerster Vorposten auf einem großen Erdhaufen stand, die Hand empor und rief: »Hört, hört!« Da klang es wirklich durch die Lüfte, leise wie Geisterwehen, lauter schwebten dann einzelne Glockentöne heran, Geisterstimmen, welche die Kunde brachten, jetzt nahe der selige Kirchmeier seinem Grabe, jetzt werde der müde Leib in die Erde gesenket, um wieder zur Erde zu werden, aus welcher er genommen worden.

Da weinten alle laut, falteten die Hände und baten den allgütigen Gott um Ruhe für den toten Leib, um Seligkeit für die arme Seele.

Die Töne verklangen, man wußte, jetzt werde es stille über dem Grabe, stille auf dem Kirchhofe, in stiller Totenkammer schlafe jetzt ungestört der Selige und harre der Auferstehung. Stille verließ eins nach dem andern seinen Platz ein jedes schlich seinen eigenen Weg, und stille ward es überall, das große Haus schien zur großen Totenkammer geworden.

Endlich hörte man eine laute Stimme: sie rief zum Essen. So erfreulich sie sonst den meisten erklang, so erschrak doch diesmal mancher darob, erschrak wie ein Schlafender, ein Träumender vor dem Feuerruf, der durch die Bewußtlosigkeit des Traumes dringt.

Bäbeli war dem Willen des Gerichtsmannes nachgekommen, hatte ein Mahl bereitet, erfreute aber niemand damit. Die Bissen quollen im Halse. Es war allen, wie wenn sie Abschied nehmen sollten vom väterlichen Hause, von der Heimat für immer. Ein solcher Abschied stillt den Hunger, es sind andere Mächte, welche die Seele füllen und selbst dem Leibe gebieten, seine Muskeln zusammenziehen und öffnen die Quellen des Wehs. Gesprochen wurde ebensowenig, sein Bangen mochte niemand zur Schau legen und ebensowenig den stillen Zorn über die gefühllosen Verwandten. Bloß ein vorwitzig Knechtlein sagte: Wenn der alte Kirchmeier noch sehen könnte, wie es jetzt gehe, er würde sich verwundern. »Warum?« frug jemand. »He, darum, da könnte er sehen, wie es uns hier ist, und wie keins ein Stück hinunterbringt, nicht einmal Fleisch, und wie sie dagegen dort essen und trinken mögen, daß es einem übel darob grauset. Und dazu nicht warten mögen, wer die Arme in den Teig stoßen kann und wie tief. Da könnte er abnehmen, wer ihm am meisten anhing, ob die, welche alle Tage ihm vor der Türe waren mit falschen Worten, schlechtem Kram und ihn schon bei Lebzeiten gerne gerupft hätten wie einen alten Güggel, oder die, welche ihm gearbeitet, was es erleiden mochte, zu seiner Sache gesehen, als ob es ihre wäre, und sonst getan, was sie ihm an den Augen abgesehen.« Bäbeli meinte, er solle doch schweigen. Hätten sie recht getan bei Lebzeiten des Paten, so wollten sie sich nicht versündigen nach seinem Tode; es sei wohl gut, wenn man ein gut Gewissen habe, aber deswegen sei es einem nicht erlaubt, die andern zu richten. Seien sie, wer sie seien, so seien sie des Paten selig Verwandte, und seinetwegen müßten sie Respekt vor ihnen haben, seien sie daneben, wer sie wollten. Wenn sie nicht essen möchten, so wolle es nachher einen Kaffee machen, sie sollten machen, daß sie nicht weit weg seien, oder sich herbeilassen zu rechter Zeit. Gegen Abend werde es wohl ein Gestürm geben, daß man nicht wisse, wo einem der Kopf stehe, und niemand Zeit habe, an sich selbst zu denken.

Es war ein banger Nachmittag, welcher nun anbrach: in demselben wurde das entscheidende Wort abgelesen, wem der Nidleboden angehören solle. Dieses Wort hatte Einfluß auf alle Bewohner, gab dem Leben einzelner vielleicht eine ganz eigene Richtung. Vielleicht, so dachten es sich wenigstens mehrere, welche mit dem Gange eines solchen Geschäftes nicht bekannt waren, müßten einige noch selben Abend den Nidleboden verlassen.

Ob einige Hoffnungen hegten, wissen wir nicht, wenigstens niemand große. Der Selige hatte keine erweckt, niemand bevorzugt, sondern jedes für das behalten, für was er es angestellt hatte. Einen Jahrlohn oder zwei mochte wohl das Höchste sein, worauf, gestützt auf Vorgänge, kühne Seelen hofften.

Die Knechte vertrieben sich die Zeit in den Ställen, und frei von Bäbelis Zucht, erlaubten sie sich gar vielerlei Glossen und manch hart Urteil. Mehrere Verwandte, von weiterher kommend, waren in den Nidleboden gefahren, ob aus Bequemlichkeit oder in gewissen Hoffnungen, wissen wir ebenfalls nicht. Nun geht man auf dem Lande hinter den Leichen her, man fährt nicht. Wahrscheinlich glaubt man da noch, daß das Begleiten zum Grabe die beste Gelegenheit sei, den Menschen zu erinnern, daß man nicht in Kutschen gen Himmel fahre, weder zweispännig noch vierspännig, sondern daß man mit Angst und Not auf den eigenen Beinen dahin pilgern müsse, manchmal sogar, als wenn man Erbsen in den Schuhen hätte, und zwar ungekochte. Die zurückgelassenen Pferde nun mußten gefüttert, getränkt, geputzt werden. Die armen Tiere wurden als Repräsentanten ihrer Herren betrachtet, mußten die Achtung und die Zärtlichkeit entgegennehmen, welche man gegen ihre Herren im

Nidleboden hegte, und zwar ohne all den Rückhalt, dessen in den meisten Fällen, die Türkei vielleicht ausgenommen, die Gesandten an fremden Höfen sich zu getrösten haben. Mißhandelt wurden die armen Tiere just nicht, aber erst wurden ihre eigenen Personen einer unerbittlichen Kritik unterworfen, selten ward ein Bein oder ein Auge tadellos, die Farbe gewöhnlich falsch, die Ohren zu lang befunden; dann der Pferde Herr noch viel unbarmherziger durchgenommen und zwar nicht bloß seine Person, sondern auch seine Geschichte. Die Pferde konnten nicht rapportieren, nahmen übrigens alle Schmähungen viel kaltblütiger auf, als sonst Repräsentanten zu tun pflegen; bloß allfälligen Fußtritten setzten sie wackern Widerstand entgegen und behaupteten in tüchtigen Auswürfen die Ehre ihrer Nation.

Solche Zerstreuung war dem weiblichen Geschlechte nicht geboten. Die Mägde hatten bloß mit einheimischem Geschirr zu verkehren und die Küche bestmöglichst in Glanz zu stellen. Als dies geschehen war, gingen sie in ihre Kammern, musterten ihre Habseligkeiten, dachten sich aus, auf welche Weise, ob in Säcken oder Kisten, sich im Fall der Not ihre Kleider am besten fortschaffen ließen, stürzten die Kasse, wie die Kaufleute zu sagen pflegen, rechneten, was sie anfällig noch einzuziehen hätten, überschlugen, wie sie sich durchhelfen, wie lange sie im Falle der Not ohne Verdienst sich durchschlagen könnten, weinten zwischenhinein, überwallt von ihren Gefühlen. Die armen Mägde dachten nicht in ihrer Demut, daß sie akkurat wie viele sogenannte Staatsmänner sich gebärdeten, welche der Strom der Zeit auf den Strand wirft, mit dem Unterschiede jedoch, daß, wenn die Staatsmänner weinen, sie über ihre Dummheit, ihr schlechtes Steuern weinen müssen und nicht wie die Mägde aus Anhänglichkeit an das Schiff, welches sie verlassen zu müssen glaubten, weil eine fremde Macht es eingenommen.

Doch ob seinem Schmerz vergaß Bäbeli seine Pflicht nicht. Noch dachten die andern nicht daran, als es zum Kaffee rief, welchem Ruf willig entsprochen wurde. Es dünkte ihn doch, sagte das vorwitzige Knechtlein, man sollte bald was vernehmen, schon habe es drei geschlagen. »Was denkst!« meinte Benz, »vor zwölfe kamen sie nicht zu Tische, und eine Stunde ists bis hieher.« Da klopfte es draußen, alle fuhren hochauf, man schoß hinaus, ein alt Mütterchen stand draußen, kam auf allseitiges Geheiße hinein, wußte aber nichts vom Testamente, wollte nur ihren Regenschirm abholen, welchen sie hier gelassen, weil Regen nicht zu fürchten gewesen. Sie erzählte bloß, welch schöne Aufwart es gewesen sei, wie sie nie so dabeigewesen, und doch hätte sie keine Freude dabei gehabt. Schafvoressen sei dagewesen, sogar Pasteten, Rindfleisch, Speck, Braten, Schinken, Torten, ganz weißes Brot, goldgelber Wein, süßer Tee, so habe sie es nie gesehen, und doch sei sie wohl alt. Und doch sei ihr ganz angst dabei geworden, und wie sie sich auch gewehrt, das Wasser sei ihr immer die Backen abgelaufen, denn immer habe sie denken müssen, das sei der Armen Henkersmahlzeit, und wenn die vorbei sei, dann sei es aus, dann könnten sie die Welt auslaufen wie der ewige Jude nach seinem Tode, ehe sie einen fänden wie den alten Kirchmeier, der ihnen Holz gebe und Land und Trost in jeder Not. Ihr sei immer gewesen, wenn sie nur daheim wäre und beten könnte für den Kirchmeier in ihrem Stübchen; denn wie gut einer sei, so sei er doch allweg ein sündiger Mensch und hätte das Beten nötig. Indessen weil es doch einmal dagewesen sei, so hätte sie auch genommen, eben nicht viel, bloß was sie wohl habe beißen mögen, und Gott wisse es, sie wäre mitten darausgelaufen, wenn jemand hätte mit ihr kommen wollen. Denn oben am Herrentisch, wie sie ihn genannt hätten, da hätten sie gelacht und geredet, man hätte es in der ganzen Stube gehört, und keine einzige sündige Seele hätte dort eine Träne vergossen, und der Wirt habe sich die Beine ablaufen müssen mit Weinholen, so streng seien die Flaschen leer geworden. Wenn der Kirchmeier selig das hätte sehen müssen, er hätte sich noch im Grabe umgekehrt. Da habe es auf einmal einen Aufstand gegeben. Die Leute hätten gesagt, jetzt gehe es mit dem Testamente und dem Erben an. Da sei über sie plötzlich ein Grausen gekommen, niemandem hätte sie »Behüte Gott!« gesagt, niemanden gefragt, ob er mitwolle, sie hätte fortmüssen, ob sie habe wollen oder nicht, und sei hergelaufen, so schnell als ihre armen alten Beine es vermocht hätten.

Während die einen über die Gefühllosigkeit derer am Herrentische sich ärgerten, die andern davon redeten, wie übel es vielen ergangen, die jetzt noch nicht daran dächten, vielleicht lustig heimkehrten, guckte plötzlich eins am Tische auf und rief: »Du mein Gott, wer kömmt da gelaufen?« Während alle die Hälse streckten, polterte es draußen schon über die Schwelle, brach zur Tür ein, stürzte mitten in die Stube und stand da atemlos und wie versteinert, ein Knabe nämlich, welcher sehr oft im Nidleboden war und dem Leichenbegängnis beigewohnt hatte.

Im ersten Augenblick waren alle erschrocken, und als er endlich mit dem Finger auf Bäbeli zeigte und sagte: »Der Hof, der Hof!« begriff niemand, was er meine. Man warf ihm vor, er sei berauscht, und schämen sollte er sich, an seines Paten Begräbnis sich so zuzuputzen. Wenn er nicht selbst den Verstand gehabt, so hätten andere witziger sein sollen als er und es ihm wehren. Da kriegte der Knabe endlich Atem und sagte: berauscht sei er nicht, aber er sei gelaufen, was er vermocht, Bäbeli erbe, der Vetter habe Bäbeli den Hof vermacht, selb sei wahr und gewiß, er hätte es selbst gehört, und alle andern hätten es gesagt. Da gab es rund um den Tisch große Freude, und alle sagten – das hätten sie nicht gedacht, aber besser hätte der Meister selig es nicht machen können, und besser als Bäbeli gönnten sie es niemand. Nur Benz sagte nicht viel, ging bald hinaus. Bäbeli war schneeweiß geworden, hatte den Milchtopf fallen lassen, mußte sich setzen, schwankte zwischen Ohnmacht und Unglaube, und wie man ihm auch Wasser bot zum Trinken und ihm zuredete, so wollte es ihm doch entweder schwarz vor den Augen werden, oder es schüttelte ungläubig den Kopf, sagte leise, man solle sie doch nicht zum besten halten, die Sache könne nicht sein, und wenn es wäre, so wäre es ihm lieber, es wäre nicht, es wüßte nicht, was damit machen. »Du armes Tröpfli du«, meinte eine, »da habe doch nicht Kummer, da wird schon einer sich finden, der dich berichtet!«

Wie nach einer geschlagenen Schlacht im Rücken der Armeen Versprengte erscheinen, solche, welche zuerst Reißaus genommen oder die schnellsten Beine haben, die ersten Nachrichten bringen, lügen und berichtigen, daß es schwer wird, im Knäuel der Berichte den sichern Faden zu behalten, so erschienen auch im Nidleboden sogenannte Gräbtleute immer häufiger und mehr oder weniger außer Atem. Jeder hatte sein Eigenes zu erzählen, doch rühmten alle den Kirchmeier selig und sein Testament; denn es waren eben die Armen und Gebrechlichen, welche diesmal den Reichen und Stattlichen weit vorausgekommen waren, und alle bestätigten, was der Junge zuerst gebracht: Bäbeli sei Haupterbin und erhalte den Hof.

Dann erhob sich das bunte Gerede. Alle hatten viel gehört, aber die wenigsten das gleiche. Darüber waren die meisten einig, Benz hätte zehntausend Gulden und vieles die Armen und mancherlei die Verwandten. In einer innern Stube war das Testament eröffnet worden, anfänglich nur in Gegenwart der nächsten Verwandten;

die Kühnsten unter den andern hatten nur so von ferne die Ohren gespitzt. Aber wie das dann so geht, die Hintersten drängten, der Notar hatte eine Stimme wie ein zerbrochener Topf, man mußte näher, wollte man was verstehen. Einiges verstand man, einiges nicht, einiges kam durch Tradition von den Vordersten zu den Hintersten, doch begreiflich mit vielen Variationen. Der Herr, der Hansli, habe eine Kuh geerbt, hieß es, welche er in Erlenbach gekauft, und dazu sei noch von Schulden abgelesen worden, welche ihm geschenkt seien; die Wirtin zu Zinggiwyl zwanzig Scheffel Korn zu Dreizinken, eine andere zehn Scheffel und die Hälfte der Hühner, eine andere die vorrätige Butter nebst einigem Gelde; die Magd vor Bäbeli, Mareili, tausend Gulden und zweihundert Ellen halbflächserne Leinwand (hätte wahrscheinlich lieber flächserne gehabt). Immer mehr habe es ein Gedränge gegeben, daß man fast nichts habe verstehen können. Aber wenn was darnach abgelesen worden, so habe es ein Gelächter gegeben, daß man es ganz vergessen, daß man an einem Begräbnis sei. Bald eins, bald das andere der Verwandten sei dann aus der innern Stube gekommen, zornig und brummend; der Herr, welcher die Kuh geerbt, sei durch die Leute gebrochen, schäumend wie ein wütender Ochse durch das Gehege. Aber davongelaufen sei er doch nicht, sondern nur bis an den Herrentisch und habe dort durcheinander geflucht und getrunken, daß es eine schreckliche Sache sei. Von einem solchen Testament habe man nie was gehört, solange die Welt stehe, habe er gesagt, und wer daran geholfen, der müsse ihm ins Zuchthaus oder gar auf die Galeeren. Einer, der ein solches Testament mache, dem fehle es im Kopf, und wofür seien die Zeugen da und ein geschworener Notar, als zu sehen, ob einer beim Verstand sei oder nicht. Aber Bäbeli solle nicht Kummer haben, setzten sie gewöhnlich hinzu, mehr als fünfzig hätten gesagt, er solle nur probieren, sie wüßten, ob der Kirchmeier beim Verstand gewesen sei oder nicht; was sie wüßten, wollten sie reden, wo man es begehre, es möge kommen, zu was es wolle. Mancher, der ein Herr sein wolle, wäre wenigstens ds Halb gescheuter, wenn er den Verstand hätte, welchen der Alte nur am kleinen Finger gehabt habe.

Doch von den Erzählungen und Tröstungen vernahm Bäbeli wenig, sie rauschten nur so in seinen Ohren wie der Wind durch die Bäume, seine Glieder zitterten, und daß auch sein Herz bewegt war, sah man an den Tränen, welche über seine Backen rollten. Draußen im Stalle und um das Scheuerwerk herum war großer Jubel, Freude über den unerwarteten fröhlichen Ausgang, boshafte Freude, die Gesichter der Verwandten erscheinen zu sehen, welche hier ihre Fuhrwerke abholen mußten. Allerlei wurde vorgeschlagen und angebracht, wie man sie in Wort und Tat necken könnte. Namentlich wollte man Hansli, dem Herrn, seine ererbte Kuh hinten an die Chaise binden mit einem großen Blumenstrauß zwischen den Hörnern, wie man von Schützenfesten Schafe und Rinder, welche man als Preise erhalten, heimzuführen pflegt. Benz hatte die größte Mühe, das Volk in Schranken zu halten und jeden Mutwillen zu verhindern; die Gesichter jedoch formen und wegwischen auf ihnen Spott und Bosheit, das vermochte er nicht.

Den Verwandten kam es allerdings als eine strenge Sache vor, noch einmal in den Nidleboden zu müssen, und gerne hätte jeder einen Taler oder zwei gegeben, sein Fuhrwerk stünde nicht dort. Warum noch einmal sehen müssen, was man gerne gehabt und nicht gekriegt und ohnehin vielleicht sein Leben lang nicht verwinden und vergessen kann? Zudem begriffen sie nur zu wohl, was für Augen man ihnen dort machen werde, und wie schwer es für sie sei, diesen Augen sich preiszugeben, ohne auf irgendeine Weise sich bloßzugeben. Dennoch mußte es überstanden werden; denn durch Boten die Fuhrwerke holen zu lassen, das, fühlten sie wohl, würde sie am allerlächerlichsten machen, vielleicht gar in den Kalender bringen. Nur einige Weiber verbündeten sich, gingen einen andern Weg und befahlen ihren Männern, bei einem bestimmten Wirtshause sie abzuholen. Kein Mensch und kein Teufel bringe sie mehr zu dem verfluchten Neste; sie wollten, sie hätten ihr Lebtag nie davon gehört, sagten sie.

Endlich rückte sie heran, die verblüffte Schar langnasiger Verwandten, doch nicht in Masse, sondern vereinzelt, und jeder machte ein eigenes Gesicht, und zwar ein so unbefangenes, als ihm möglich war, aber wenige brachten es dahin, daß sie aus dem Ton ihrer Stimme den Ärger und den Zorn herausgebracht hätten.

Vetter Hansli, jeder Zoll ein gemachter Herr, brutal und beschränkt, aber mit etwas Besenwurf übertüncht, frech und schlau, wo es um Batzen ging, kam daher, die ganze Gestalt voll Zorn und

Gift, und ein ärger Gesicht als er machte sicherlich der Teufel im Buche Hiob nicht. Er polterte in den Stall, befahl anzuspannen auf der Stelle, und zwar gut. Dann fuhr er ins Haus hinein, wo er Peitsche und Mantel versorget hatte, und auf dem Wege schien ihm was einzufallen, was sonst nicht häufig der Fall war. Es fiel ihm nämlich plötzlich ein, woran er bis dahin gar nicht gedacht hatte, daß er ledig sei und Bäbeli auch, daß Bäbeli nun eine reiche Erbin sei, und sei am Testamente nichts anzufangen, so lasse sich vielleicht desto mehr mit dem Mädchen anfangen, und sei es diesen Weg oder jenen Weg, wenn er nur zum Nidleboden führe; der sei allweg die Hauptsache. Der Mann kehrte sich plötzlich wie ein Handschuh, öffnete ganz manierlich die Tür zur Wohnstube, wo er Bäbeli zu finden hoffte und fand, trat mit angestammter Unverschämtheit, welche gar keine Notiz nimmt von dem, was man fünf Minuten oder fünf Stunden vorher gesagt hatte, zu Bäbeli, bot ihm die Hand und wünschte ihm von ganzem Herzen Glück; er gönne es niemand besser als ihm, und der selige Vetter werde wohl gewußt haben, in welche Hände er es gebe, und wie es dieses Glück mit Abwartung und Aufrichtigkeit verdient habe. Es hätten das nicht alle gefunden, aber er wohl, habe es auch gesagt, und wenn er ihm was dienen könne, sei es Tag oder Nacht, so solle es ihn ansprechen. Ihm sei alles bekannt, und wenn einer ihm vor Verdrießlichkeiten sein könne, so sei er es, bei den einen sei er wohl an, und die andern hätten ihn zu fürchten. Jetzt wolle er nichts weiter sagen, nächstens werde er wiederkommen. So sprach Hansli und verabschiedete sich mit all ihm zu Gebote stehender Höflichkeit.

»Hat der eine Frau, oder möchte er eine?« platzte ein Weib heraus, welches gesehen hatte, wie Hansli bei der Eröffnung des Testamentes sich betragen hatte, ehe derselbe noch recht die Tür zugemacht hatte; ein schallend Gelächter der übrigen fuhr ihm nach. Ob Hansli es gehört, wissen wir nicht, wenigstens hob ihn sein glücklich Selbstbewußtsein darüber empor. Er war des glücklichen Wurfes sicher, blieb auch draußen freundlich, gab dem Knechte, welcher ihm sein Pferd hielt, diesmal einen Fünfbätzler Trinkgeld, und zwar den schönsten, welchen er bei sich hatte.

Endlich rollte das letzte Fuhrwerk fort, und stille ward es im Nidleboden. Es war Abend geworden, mild und freundlich koste leise der Wind mit den duftenden Blüten, am blauen Himmel senkte sich des Mondes Sichel ihrem Bette zu, welches die Sonne soeben mit ihrer schönsten Glut vergoldet hatte. Verspätete Krähen suchten eiligst und schreiend ein Nachtquartier, vom Walde her hörte man der erwachenden Eule zärtlich Seufzen.

Langsam kam der alte Gerichtsmann den Hügel herab dem Hause zu. Erstlich hatte er ausharren müssen, bis der letzte Gast verschwand, und dieses ging lange. Es gibt immer Leute, welche alles reut, was bei einer Mahlzeit übrigbleibt, welche meinen, sie verdienten einen Gotteslohn, wenn sie essen und trinken, bis nichts mehr auf dem Tische ist; und begräbt man einen alten, reichen Junggesellen, so teilt sich diese Eigentümlichkeit gar vielen mit. Zweitens hatte er noch mit dem Wirte abgerechnet. Er wußte aus Erfahrung, daß solche Rechnungen, solange sie in des Wirtes Kopf stecken, sind wie Brotteig, welchen man in geheizten Ofen tut, nämlich ansehnlich auflaufen und anschwellen. Um diesen Wachstum, welcher manchmal nur während einer Nacht unglaublich ist, zu verhüten, hatte er also trotz der erst höflichen, dann gröberen Ablehnung des Wirtes ausgerechnet, und trotz dieser Vorsicht hatte er über zweihundert Gulden zu bezahlen gehabt.

Er wußte nicht, welchen Eindruck die Botschaft auf die Bewohner des Nidlebodens gemacht, indessen ging er deswegen keinen Schritt geschwinder, und als er in die Stube trat, wo er Bäbeli alleine fand, blieb er bei dem üblichen Gruße: »Guten Abend gebe dir Gott!« »Danke Gott!« sagte Bäbeli traurig. »Und was hast gesagt?« fragte er endlich und schlug Feuer für seine erloschene Pfeife. Da fing Bäbeli wieder an zu weinen und sagte, wie es so großes Glück gar nicht verdient, wie es damit nichts anzufangen wüßte, und wie eigentlich, wenn es recht gegangen wäre und der Pate selig nicht hätte auf den Reichtum und die Vornehmheit sehen wollen, die Sache jemand ganz anderem gehört hätte. Er wüßte doch nicht, sagte der Alte. Wohl, sagte Bäbeli, da sei der Benz, auf dem sei in der letzten Zeit die ganze Last gelegen, und der hätte sich betragen, daß der Vetter hätte zufrieden sein können, dem hätte er gehört. Das tue ihm so schrecklich weh, daß der jetzt meine, es sei ihm vor seinem Glück gewesen, hätte dem Paten selig die Augen ausgebohrt, ihn vielleicht gar gegen Benz aufgehetzt. »He, das wird er nicht meinen«, entgegnete der Alte. »Wohl, das meint er«, sagte Bäbeli, »und das drückt mir fast das Herz ab. Ich habe es ihm am

Gesicht angesehen, und kein freundlich Wort hat er mir seither gegeben. Wenn er nur mit mir tauschen wollte, oder, wenn ich nichts hätte, wenn er nur wieder zufrieden wäre und nicht meinte, ich hätte ihm zu Schaden geredet!«

Das werde wohl zu machen sein, sagte der Alte, es hätten sich schon viel schwerere Sachen gemacht, und ging hinaus den Ställen zu. Draußen fand er Benz, der ein Gesicht machte wie ein zorniger Bär. »Und bist zufrieden mit dem Paten selig?« frug der Alte Benz. Und wenn er nichts erhalten hätte, so wäre er mit ihm zufrieden, antwortete Benz. Aber sagen wolle er ihm, daß er einstweilen für jemand anders sehen könne, der hier befehle, er wolle fort. »Ists der Hochmut, daß du einen Kreuzer Geld hast, oder der Neid, daß du nicht den Hof hast, was dich forttreibt? Ists das eine oder das andere, so solltest du dich schämen, Bürschchen!« sagte der Gerichtsmann. »Es ist weder dies noch das«, sagte Benz, »aber beim neuen Nidlebauern will ich nicht Knecht sein.« »Darwider kann ich dir nichts haben«, sagte der Alte, »möchte selbsten nicht. Aber was ich habe sagen wollen, du sollest hinein, Bäbeli möchte dich was fragen, dann kannst du ihm ja selbsten den Dienst aufkündigen.« Benz ging, aber unwillig. Der Alte wandte sich dem Kuhstall zu, hielt Konferenz mit Kühen und Knechten.

Nach einer ziemlichen Weile, als Benz nicht wiederkam, schritt der Alte bedächtig wieder dem Hause zu, öffnete langsam die Stubentür. In der Stube standen Hand in Hand Benz und Bäbeli und hörten das Öffnen der Tür nicht. »Ihr werdet Tausches einig sein, oder hast dich frisch dingen lassen?« fragte der Alte. Erschrocken kehrten sie sich um, und fuhren auseinander. »Nit, nit!« sagte der Alte, »ihr habt euch nicht zu schämen, die Sache ist recht, gerade wie es sein soll.« Bäbeli wollte sagen, es wisse nicht, was er meine. »Das sind Schneckentänze«, sprach der Alte, »gerade so wollte es mein seliger Freund. Daß ihr beide einander gerne sahet, wußte er längst. Ihr waret ihm lieb, euch vertraute er den Nidleboden, welcher seit zweihundert Jahren in der Familie ist, an dem er mit ganzer Seele hing, am liebsten an, machte ihn auch zum Weibergut, damit er gesicherter sei, wenn Benz zum Hudel geraten sollte.« Er wüßte nicht, woran der Pate selig was gemerkt haben sollte, und er solle doch ja niemand was sagen, daß sie von so was geredet hätten, bat Bäbeli. »Mädchen«, sagte der Alte, »das läßt sich nicht verheimlichen; was getan werden soll, muß alsobald getan werden, so wollte es auch der Kirchmeier selig. Aber jetzt gehe und mach, daß das Abendessen gebracht wird! Stelle auf, was du hast, und vergiß den Wein nicht!« Bäbeli wollte Einwendungen machen, wollte das Versprechen, daß er nichts sagen wolle. Allein der Alte blieb fest und trieb Bäbeli ohne Erbarmen an die Ausführung seiner Befehle.

Endlich ward das Essen aufgestellt, die Hausgenossenschaft versammelt. Unnötig war des Gerichtsmanns Vorsorge nicht, denn ein muntrerer Appetit hatte sich in Speise und Trank wohl selten an einem Tische kundgetan, und wir müssen sagen, selbst Bäbeli aß und trank, freilich weniger als die andern. Hie und da wurde eine scherzhafte Bemerkung laut über die Gesichter der Verwandten oder ein Vorwurf an Benz, daß er nicht erlaubt, Hansli die Kuh an die Chaise zu binden. Da begann der Alte und sagte: da könnten sie ein Beispiel nehmen, was Hoffahrt und Hochmut für einen Ausgang nehmen täten, weil er die Menschen mit Blindheit schlage, und wohin Fleiß und Treue führten, weil sie aushielten bis ans Ende und immer jemand da sei, der sie sehe und lohne. Er kenne niemand, der ein Auge gehabt bis ins Innerste der Menschen hinein wie sein Freund, und niemand, der kaltblütiger genommen, was er gesehen. Er habe die Wurfschaufel in der Hand gehabt, die Tenne gefegt, habe die Leute gesiebt, bis er im Hause gehabt, wer ihm anständig gewesen, treu und lieb, und allen denen habe er ein Zeichen getan. Nun erzählte er, was die meisten noch nicht wußten, was er jedem unter ihnen verschrieben hätte, las dazu die Worte ab, mit denen er es getan hatte, und warum er es getan. Da war niemand, der nicht geweint hätte, und nicht wegen der Gabe, sondern wegen den wahren Worten und der schönen Vermahnung. »Benz und Bäbeli«, fuhr er fort, »sind am längsten bei ihm, beiden war er Vetter und Pate, beide waren ihm gleich lieb, und er wußte auch, daß sie einander nicht zuwider seien, aber vorgreifen, sich einmischen wollte er nicht. Nun sei Gott gelobt und gepriesen, daß jetzt sein allerletzter Wille erfüllt ist, und morgen geht ihr beide und gebt die Ehe an!« Da war große Freude unter allen, welche diese unerwartete Nachricht hörten, bloß Bäbeli wehrte und wollte weinen oder böse werden, es wußte nicht recht, was. Da sprach der Alte: »Mit der Eröffnung des Testamentes hat man nicht warten mögen, jetzt, da es offen ist, will ich mit dem Vollzug auch nicht zögern.

Wann mir gesetzt ist, zu sterben, weiß ich nicht. So erfordert es auch die Sitte, welche unter solchen Umständen das Zusammenleben von Brautleuten nicht duldet. Übrigens kennt ihr euch seit Jahren, Vorbereitungen sind keine nötig, und der Selige hat seine Freude daran im Himmel. Also will es ich, und so geschieht es.«

So geschah es auch, und es war gut so, denn im Nidleboden geht es gut bis auf den heutigen Tag; Hoffart, Hochmut, Müßiggang sind dort noch nicht eingekehrt, sondern Liebe und Treue, Fleiß und Frömmigkeit sind die vier Sterne, welche in unverdüstertem Glanze über dem Nidleboden stehen, nie untergehen.

tredition®

Über tredition

Eigenes Buch veröffentlichen

tredition wurde 2006 in Hamburg gegründet und hat seither mehrere tausend Buchtitel veröffentlicht. Autoren veröffentlichen in wenigen leichten Schritten gedruckte Bücher, e-Books und audio-Books. tredition hat das Ziel, die beste und fairste Veröffentlichungsmöglichkeit für Autoren zu bieten.

tredition wurde mit der Erkenntnis gegründet, dass nur etwa jedes 200. bei Verlagen eingereichte Manuskript veröffentlicht wird. Dabei hat jedes Buch seinen Markt, also seine Leser. tredition sorgt dafür, dass für jedes Buch die Leserschaft auch erreicht wird.

Im einzigartigen Literatur-Netzwerk von tredition bieten zahlreiche Literatur-Partner (das sind Lektoren, Übersetzer, Hörbuchsprecher und Illustratoren) ihre Dienstleistung an, um Manuskripte zu verbessern oder die Vielfalt zu erhöhen. Autoren vereinbaren direkt mit den Literatur-Partnern die Konditionen ihrer Zusammenarbeit und partizipieren gemeinsam am Erfolg des Buches.

Das gesamte Verlagsprogramm von tredition ist bei allen stationären Buchhandlungen und Online-Buchhändlern wie z. B. Amazon erhältlich. e-Books stehen bei den führenden Online-Portalen (z. B. iBookstore von Apple oder Kindle von Amazon) zum Verkauf.

Einfach leicht ein Buch veröffentlichen: **www.tredition.de**

Eigene Buchreihe oder eigenen Verlag gründen

Seit 2009 bietet tredition sein Verlagskonzept auch als sogenanntes "White-Label" an. Das bedeutet, dass andere Unternehmen, Institutionen und Personen risikofrei und unkompliziert selbst zum Herausgeber von Büchern und Buchreihen unter eigener Marke werden können. tredition übernimmt dabei das komplette Herstellungs- und Distributionsrisiko.

Zahlreiche Zeitschriften-, Zeitungs- und Buchverlage, Universitäten, Forschungseinrichtungen u.v.m. nutzen diese Dienstleistung von tredition, um unter eigener Marke ohne Risiko Bücher zu verlegen.

Alle Informationen im Internet: **www.tredition.de/fuer-verlage**

tredition wurde mit mehreren Innovationspreisen ausgezeichnet, u. a. mit dem Webfuture Award und dem Innovationspreis der Buch Digitale.

tredition ist Mitglied im Börsenverein des Deutschen Buchhandels.

Dieses Werk elektronisch lesen

Dieses Werk ist Teil der Gutenberg-DE Edition DVD. Diese enthält das komplette Archiv des Projekt Gutenberg-DE. Die DVD ist im Internet erhältlich auf **http://gutenbergshop.abc.de**